Über dieses Buch

Mit ihrer Autobiographie »Kind mit roten Haaren« hat sich die berühmte Schauspielerin Elisabeth Flickenschildt auf Anhieb einen großen Leserkreis erobert. Sie sei »eine aufmerksame Beobachterin, die scharfen Auges das Selbst und die Umwelt mustert«, bescheinigte ihr ein Kritiker.
In ihrem ersten Roman »Pflaumen am Hut« stellt sie erneut ihre erzählerische Phantasie und ihre minuziöse Beobachtungsgabe unter Beweis. Mit entschiedenem Engagement schildert sie den wechselvollen Lebensweg einiger Menschen. Da ist David Henderson, ein amerikanischer Brückenkonstrukteur, der vor seiner gescheiterten Ehe mit Madeleine steht. Allzu rasch hatte er sie auf einer Europareise geheiratet und mit in die Vereinigten Staaten genommen. Madeleine geht nach Europa zurück. Auf seltsame Weise wird ihren ziellos durch Europa schweifenden Kindern Masi und Vincent ein ähnliches Los zuteil. Mit ihnen bis zum tragischen Ende schicksalhaft verbunden sind die beiden Brüder Gino und Sandro aus Sizilien. Zurück bleiben die beiden Alten Philemon und Baucis...

November 1976
Vollständige Taschenbuchausgabe
Droemersche Verlagsanstalt Th. Knaur Nachf.
München/Zürich
Lizenzausgabe mit freundlicher Genehmigung des
Hoffmann und Campe Verlages, Hamburg

Umschlaggestaltung Atelier Blaumeiser
Satz IBV Lichtsatz KG, Berlin
Druck und Bindung Mohndruck, Gütersloh
Printed in Germany
ISBN 3-426-00449-6

Elisabeth Flickenschildt:
Pflaumen am Hut

Roman

Droemer Knaur

1

Es handelt sich um Masi.
Masi: Sprich Mäsi!

Um andere auch, aber hauptsächlich um sie, auch um ihren Vater, der jetzt in Innsbruck in der Sonne in der Maria-Theresia-Straße die millionenfache Möglichkeit in sich trägt, Masi in diese Welt zu setzen. Er ist siebenundzwanzig Jahre alt, Konstrukteur von Brücken und Hochbauten und hat jetzt in San Francisco zum erstenmal das Glück gehabt, einhundertzwanzigtausend Dollar für sich allein zu behalten. Er fährt mit einem Schiff von New York nach Bremerhaven, dann weiter nach Hamburg, nach München, nach Wien und geht in Innsbruck in eine Buchhandlung, um noch ein Wörterbuch zu kaufen. Die Buchhandlung gefällt ihm, alte geschnitzte Regale, hoch voller Bücher bis unter die Decke. Fenster, die von außen berankt sind, und ein kleiner Garten in der Ecke mit einem großen Baum. Das Licht, das durch die Fenster fällt, ist wie Dämmerlicht. Alles ist ganz still, zehn Uhr morgens, auf der Straße wenig Verkehr. Die Zeit zwischen Februar und März. Auf den Bergen noch Schnee, der in der Sonne leuchtet wie Silber. In einer Ecke zwischen den Büchern, auf einer kleinen Treppe, die sicherlich dazu dient, Bücher herunterzuholen, sitzt ein Mädchen. Sie hat einen grauen Lodenmantel an, graue Wollstrümpfe und ziemlich derbe Stiefel, die für ihre Beine zu weit sind. Ein Fuß ist gestützt auf den Kopf eines stichelhaarigen Jagdhundes der ganz still unter ihr liegt. Das Mädchen hat ein Buch auf den Knien, und unter ihrem Hut hängen lange, glatte blonde Haare weit über die Schultern. Was hat sie für einen merkwürdigen Hut? Ein schwarzer runder Hut, wahrscheinlich aus Filz, mit einer Kordel drumherum, dunkelgrün, die aber schon ein bißchen entzweigerissen ist und an einigen Stellen wieder zusammengeknotet. An einer Seite, an der rechten Seite, ein Gesteck von Federn, ganz zarte hellrote Federn.

Das Mädchen scheint ihn nicht zu bemerken, wie er neben ihr steht und immer wieder diesen Hut betrachtet. Der Hund sieht einmal auf mit ganz hellen hellgelben Augen und legt sich wieder hin. Aus einer Tür kommt jetzt ein älterer Herr in einem schwarzen Anzug, weißes Hemd, schwarzer Schlips, weiße Haare und Brille mit einem schmalen goldenen Rand über einem freundlichen Gesicht.
»Bitte schön, der Herr, womit kann ich dienen?«
»Ja«, dachte er, »was wollte ich denn eigentlich noch, was wollte ich eigentlich haben? Ich bin doch hier hereingekommen, um... ja, ein Wörterbuch, Englisch-Deutsch, und dann, haben Sie ein Buch über Vögel?«
»Ja, speziell, was soll es für ein Buch sein, bitte?«
»Ja, vielleicht farbig, mit farbigen Abbildungen.«
»Ja, bitte schön, hier, bitte schön, hier.« Er ging zu einem Regal und nahm Bücher heraus und schlug auch gleich eines auf, der »Gefiederte Freund«, oder dieses, »Sänger unserer Heimat«. »Vielleicht ist Ihnen damit gedient?« Der alte Buchhändler sah zu, wie der junge Mann mit Präzision und Schnelligkeit, das Buch durchsah. Er fand auch ziemlich rasch, was er suchte, den Vogel mit den ganz hellroten, zarten Federn: den Dompfaff. In dem Buch war ein Bild vom Dompfaff, dunkelbraune Flügel, braungrau, ein fester, kleiner Schnabel, Gesang unerheblich, stößt nur Töne aus: Ziep, ziep. Weiter nichts, aber die hellrote Brust, ganz feine Federchen, hellrot. Er nahm das Buch, wollte bezahlen, merkte dann, wie das junge Mädchen aufgestanden war und mit dem Hund zusammen zur Tür hinausging. Vorher gab sie noch das Buch zurück. »Servus«, sagte sie und war draußen. Er ging ihr nach ohne Eile, und als sie rechts in eine Gasse einbog, drehte er sich auch um und folgte nicht mehr und dachte, laß es doch, wozu?
Am nächsten Tag war Markttag in Innsbruck. Er hatte schon von seinem Hotelfenster aus in der Frühe alles sehen können, die Pferde, die mit den Karren kamen, die vielen Frauen mit den Obsttaschen. Der ganze Platz voller Obst, voll Bewegung, und die Sonne schien. Alles Obst aus Tirol, gelbe Birnen, gelbe Äpfel, grüne Birnen, grüne Äpfel, und von den Bauern kleine rote, wie sie von Weihnachten übriggeblieben waren, unendliche Mengen von Gemüsen und Blumen. All das wurde angeboten und hergereicht unter Gelächter und Geschwätz. Und die Sonne schien, und er fühlte sich so wohl wie lange nicht in

seinem Leben. Er stand oben am Fenster und sah die ganze Freude und das Leben, das sich unter ihm ausbreitete. Alles schien so heiter, ohne Gefahren, ohne Angst, ohne Feindschaft, ohne alles. Nur ein Tag in der Sonne in einer alten Stadt zwischen den Bergen. Da sah er auch das Mädchen wieder und den Hund. Sie sah genau aus wie gestern, sie hatte einen Korb über dem Arm und lachte mit einer der Frauen, die für sie Obst einpackte, und da sah er auch ihr Gesicht. Er nahm seinen Mantel und ging hinunter und fand sie auch gleich und stellte sich so, daß er direkt ihr Gesicht sehen konnte.
Was für ein Gesicht! Ganz hell, rosig, nein, mehr weiß, schmale dunkle Augenbrauen und ganz blaue Augen, merkwürdige Augen, wie helles blaues Porzellan, etwas fremd, etwas merkwürdig. Und dann der weiche kleine Mund, schöne gerade Nase, etwas gebogen nach unten, eine Sportlerin, eine Reiterin, irgend so etwas wahrscheinlich. Er ging zu ihr und streckte die Hand aus und sagte: »Darf ich den Korb tragen?« »Nein«, sagte sie und drehte sich um und ging fort. Nachmittags war sie wieder bei dem Buchhändler. Sie trug wieder den gleichen Hut, und er sagte: »Ich habe noch nie einen so reizenden Hut gesehen.« Sie sah gar nicht auf. »Ich bin die Comtesse Maresberg, und wir wohnen Maria-Theresia-Straße sechsundzwanzig im vierten Stock. Mein Vater ist tot, meine Mutter und ich sind allein.« »Danke«, sagte er, »ich komme morgen früh um elf Uhr.« Die Wohnung war hoch oben. Ihm öffnete eine ältere Dame, die Tochter stand gleich dahinter. Er wurde in ein Zimmer hereingeführt, das eine wunderbare Aussicht auf die Berge hatte. Die Damen setzten sich, er blieb stehen. Er wußte zuerst nicht, was er sagen sollte, wie sollte er anfangen, was wollte er überhaupt? »Ja«, sagte er, »ich bin siebenundzwanzig Jahre, ich bin Amerikaner, ich bin auf einer Reise in Europa, mein Name ist David Henderson, meine Großmutter stammt aus Kärnten, und ich möchte gern Ihre Tochter kennenlernen.«
Drei Wochen später heirateten sie in Wien. Es kamen Verwandte aus allen Ecken Österreichs: Sie heiratet einen Amerikaner, wo ist er, ist er das? Wie heißt er? Henderson, nur Henderson? Ist er reich? No, no, ich weiß nicht, nichts weiß man. Was hat sie an ihm, na, was hat er an ihr?
Sie wurden getraut, sie waren Mann und Frau. Sie küßte ihre Mutter zum Abschied, aber alles ein bißchen schnell, ein bißchen hastig.

»Weißt du, meine Mutter und ich, wir haben uns nie so gut verstanden, Papa war besser.« Durfte der Hund auch mit? »Nein, der Hund muß zu Hause bleiben.« »Der Hund kommt mit, von nun an, immer.« Bequem oder nicht bequem, der Hund kam mit. Aber es war alles gar nicht so einfach. Sie schliefen immer in getrennten Zimmern. Sie wollte es so. »Wir kennen uns noch nicht«, sagte sie, »später.« Der Hund schlief auf dem Teppich vor ihrem Bett. Er sagte »Gute Nacht«, und sie lag in den weißen Kissen mit den langen blonden Haaren und den hellen blauen Augen. »Gute Nacht«, winkte sie und winkte, bis er aus der Tür heraus war. »Bis morgen früh.« Es wurde März, es wurde April, Mai, sie waren in Italien, sie waren an der Küste zum Meer. Die starke, ununterbrochene Sonne tat ihr gut. Sie wurde lustiger, heiterer, sie erzählte Geschichten, beugte sich zurück und lachte und lachte so sehr, daß sie sich die Hand über den Bauch hielt vor Lachen. »Fühl, wie ich lache«, sagte sie, aber als er die Hand auch auf ihren Bauch legen wollte, stand sie auf. »Jetzt gehen wir wieder«, sagte sie. Abends waren sie am Meer. Das Wasser war ganz warm, wunderbar zum Schwimmen. Als sie zurückkamen und sich in den warmen Sand legten, legte er den Arm um sie. »Jetzt ist es genug«, sagte er. Sie wehrte sich auch gar nicht mehr.

Was sagten sie? Sie sagten beide »für immer und ewig, für ewig«. Sie hieß Madeleine, Madeleine Maresberg. In dem Namen Madeleine sind viele andere Worte enthalten.
Made.
Adel.
Madel.
Leine.
Und der Anfang mad – das heißt:
böse,
verrückt.
Danach lebten sie in Washington, D.C., 75 Red Oaks. Er hatte das Haus selber gebaut, in einem großen Gelände. 25000 qm, voll bewachsen mit Weiden, roten Buchen, roten Eichen und großen sibirischen Fichten. Sie haben sehr grüne, tief herabhängende Zweige, die sich aber am Ende wieder etwas hochbiegen wie eine Schaukel. In diesem Park stand das Haus. Alle vier Seitenflächen waren auf zwei

Meter Breite mit Marmor verkleidet. Wenn Masi und Vincent, die beiden Kinder, von der Schule nach Hause kamen, standen sie oft davor und freuten sich, wie die Zweige der Bäume sich in dem Marmor spiegelten, wie sie auf und ab wehten und wie alles ganz deutlich zu sehen war. Der Marmor war glatt und blank, dunkelbraun mit dunklen, roten Adern durchzogen, mit blauen Augen und mit hellgelben Adern. Ein Marmor, in einem Steinbruch in Sizilien gefunden, der nur wenige Stücke hergegeben hatte, weil Gestein kam, das zu weich zum Verarbeiten war. Aber diese Stücke waren herrlich. Anschließend an den Marmor kam die große Fläche des weißgestrichenen Hauses mit elf Fenstern unten und der riesigen Eingangstür, elf Fenstern oben, und von unten rankten Weinstöcke und Pfirsichbäume herauf bis fast unter das Dach. Ein wunderbares Haus, ein wunderbarer Garten.

Die beiden Kinder wurden hier geboren und wuchsen hier auf. Masi war ein reizendes Kind. An ihrem fünften Geburtstag durfte sie ihre Freunde einladen. Sie wollte sie überraschen. Sie wollte ihnen etwas Besonderes bieten, sie verkleidete sich. Sie zog schwarze Abendschuhe ihrer Mutter an, deren Absätze ganz mit bunten Steinen besetzt waren. Ihre kleinen Füße versuchten unendlich geschickt, die Schuhe hinter sich herzuziehen. Dann hatte sie ihre Hände in einen riesigen Muff aus Silberfuchs gesteckt, und auf den Kopf stülpte sie sich einen weißen, spitzen Harlekinhut, der phantastisch von bunten Kugeln ganz und gar übersät war. Ihr Kindergesicht sah so reizend darunter aus, so rührend, so glückstrahlend. Der Vater hob sie hoch und drückte sie an sich. »Mein Liebling«, sagte er, »du bist eine süße kleine Frau.«
Vincent war etwas anders, nicht weniger seltsam, nicht weniger einsam, nicht weniger hübsch. Aber dem Vater erging es mit ihm manchmal wie dem heiligen Augustin mit seinem Sohn, der darüber schrieb: Manchmal erschrecke ich vor den Talenten dieses Knaben. Völlig vertraute er seiner Lehrerin, Miß Lucie Polk, »snow white« genannt. Sie war weiß wie Schnee, rot wie Blut und ihre Haare schwarz wie Ebenholz. Bevor der Unterricht morgens begann, hielt Vincent, der Junge, sie auf dem Flur zurück. »Ich habe ein Gedicht«, sagte er, »aber Sie müssen es laut lesen.«
Lucie las:

»In den Wäldern, trunken von Wein, sitzen meine Schwestern und warten.« »Schön«, sagte sie, »aber ist das alles, so kurz.« »Ja, das andere kommt später. Aber hier ist noch etwas:
Wir haben hundertsechzehn Eichen im Park, gestern nachmittag wurden sie geschnitten,
mit scharfen Messern,
die Zweige liegen am Boden, noch keine blüht,
noch kein Frühling, nur Knospen.
Aber schnell, dreh dich um, erschrick nicht,
hör, was ich sage:
Wo das Messer war, sind sie rot von Blut.
Woher haben Eichen rotes Blut?
Heute abend im Dunkeln gehen wir noch einmal dorthin, aber können wir schlafen?«

2

Morgens frühstückten die Kinder zusammen mit dem Vater. Die Mutter war nicht dabei, sie blieb länger, mindestens bis mittags in ihrem Zimmer. Die Kinder standen lieber früher auf, um nie diese Stunde des Frühstücks zu versäumen. Wenn sie kamen, saß der Vater schon da. Er küßte seine Kinder, umarmte sie, dann schoben sie ihre Stühle direkt neben seinen Stuhl, um so nahe wie möglich bei ihm zu sein. Jedes seiner freundlichen und heiteren Worte, seine kleinen Scherze, seine Ermahnungen, ganz freundlich gesagt, genossen sie, als ob sie alles mit ihrer Morgenschokolade und mit ihrem Toast zusammen aufaßen und verzehrten. Dann kam Luigi mit den beiden Mappen in der Hand und wartete darauf, die beiden in die Schule zu fahren.

Luigi Tansanini war im Haus nicht beliebt, niemand mochte ihn so recht, aber Mr. Henderson hatte ihm das Auto mit den beiden Kindern anvertraut. Die Köchin vor allem mochte ihn nicht, die französische Köchin mit ihrem Stab von Küchenhelfern, alle aus Frankreich, aus Südfrankreich, aus der Gegend von Nizza. Sie behauptete immer, sie kenne seine ganze Familie, während Luigi nur darüber den Kopf schüttelte. Auch die japanischen Gärtner mochten ihn nicht, eigentlich niemand. Und nach den ersten acht Tagen, als er da war, ließ Mr. Henderson ihn kommen und sagte: »Luigi, haben Sie während neun Jahren Mr. Singlegreen gefahren?«
»Ja«, sagte Luigi, »ich habe ihn gefahren, und danach habe ich vier Jahre bei der Polizei gefahren.«
»Warum sind Sie von Mr. Singlegreen fort?«
»Er wurde erschossen, sein Bruder auch. Seine Mutter war tot, sein Vater war tot. Wir kannten uns aus Mailand. Ich war mit ihnen herübergekommen. Was sollte ich noch dort?«
»Aber Sie haben ihn gefahren.«

»Ja«, sagte er, »ich habe ihn gefahren.«
»Warum?«
»Oh, ich war ein sehr guter Fahrer. Wenn ich dabei war, ist nie etwas passiert.«
»Ja, aber Sie wußten doch sicher, daß Mr. Singlegreen einer der Männer war, der jahrelang im ganzen Land von der Polizei gesucht wurde?«
»Ich weiß, er wurde gesucht, aber ich habe ihn nur gefahren. Ich wurde nicht gesucht, ich habe niemals geschossen. Ich konnte nur besser fahren als andere, und darum war ich bei ihm.«
Mr. Henderson überlegte einen Augenblick, dann sah er den älteren, sehr stämmigen, sehr kräftigen Italiener an, der einen glatten kahlen Schädel hatte, eine dunkelbraune Haut und sehr lebhafte, fast schwarze Augen.
» Es ist gut«, sagte er. »Sie bleiben und Sie fahren die Kinder.«
Als alle schon älter waren, kaufte er ein Haus am Pazifik, Western Bay. Es war ein Haus ganz aus Holz, zugedeckt von sehr hohen Zypressen und Kiefern mit langen grünen harten Nadeln. Dazwischen wuchsen Magnolien und Kamelien. Ein wunderbares Haus. Von der intensiven Sonnenbestrahlung duftete das Holz wie Honig, wie Getränke, die aus anderen Ländern kamen, ein Duft, der sich am Abend in der kühleren Luft wieder verflüchtigte, um am Morgen mit der aufgehenden Sonne wiederzukehren.

Dort war Madeleine auch gern dabei. Wenn sie mit den Kindern allein war, das liebte sie am meisten. Sie lud dann oft die anderen Kinder der in der Nähe wohnenden Familien zu kleinen Festen ein. Sie blieb bis spät in die Nacht vorher auf, um kleine Päckchen zu machen. Sie hatte die verschiedensten Bogen von farbigem Seidenpapier mitgebracht, schnitt mit der Schere kleine Quadrate aus, umwickelte alles mit goldenen und silbernen Bändern und schrieb für alle Kinder dann noch den Namen darauf. Blaue, gelbe, grüne, rosa, weiße, schwarze, lila Päckchen, in die sie kleine Schätze hineinwickelte. Wenn sie zu Hause waren, ging sie oft an die Garderobe ihres Mannes und suchte in der Jackentasche und in der Hosentasche nach Geld. Für sich selbst verbrauchte sie fast nie etwas, sie verlangte auch nie etwas. Sie hatte ja alles, was sie brauchte. Für das Geld, für silberne Dollars, kaufte sie dann kleine Perlarmbänder oder Perlenketten, Ohrringe, Schleifen für die Haare, die mit bunten Steinen besetzt waren, alles mögliche, was sie nur finden konnte und von dem sie dachte, daß es Kindern Freude macht.

Sie hatte einen Tänzer engagiert, weil sie merkte, daß der Sohn viel Freude am Tanzen hatte. Dieser junge Mann, ein Engländer, selber noch sehr jung, neunzehn Jahre, verstand gut, mit den Kindern umzugehen. Sie tobten um ihn im Sand herum. Er klatschte in die Hände und sang mit einer hohen, etwas schrillen Stimme die Tempi vor, nach denen die Kinder sich richten sollten. Eins, zwei – pas de deux, drei, vier – pas à trois. Und die Kinder lachten und wollten sich ausschütten vor Vergnügen über seine hohe Stimme und machten alles, was er wollte. Und Masi hielt ihre Hände über dem Kopf zusammen und versuchte, auf einem Bein zu stehen, und Vincent war ganz ernst, blickte unentwegt auf den Engländer, um alles richtig zu machen, und besaß eine ungeheure Grazie und war der verständigste von allen. Einmal im August kam der Vater herüber und brachte der Mutter ihren rotbraunen Koffer mit, den hatte sie zu Hause vergessen, obgleich sie sich selten von ihm trennte. Sie hatte eine Schnur um den Hals, die sie fast nie ablegte. Eine ganz einfache Schnur, ein Bindfaden, aber festes Garn, und daran hing der Schlüssel für diesen Koffer. Sie trug einen Badeanzug, den sie noch in Innsbruck gehabt hatte. Sie kaufte sich nie einen anderen. Er war schwarz, ganzteilig und an den Ärmeln am Hals und unten an den Beinen weiß abgesetzt. Als sie gebadet hatten und der Vater und ihre Kinder dabei waren, machte sie den Koffer auf und fing an, alles einzeln herauszunehmen und anzulegen. Vier große Ketten mit Smaragden, dazu Brillanten, die so groß waren wie Kirschen. Eine Perlenkette, die sie zweimal um den Hals legen konnte, und dann reichte die Kette noch bis an die Erde, und alles waren Perlen, ganz gleichmäßig, hellrosa. Dann die Ohrringe bis auf die Schultern, dann die Armbänder bis über die Ellbogen. Ihre Haut war noch feucht vom Wasser, dazwischen klebten Sandkörner. Sie zeigte alles, dann tanzte sie vor ihnen auf und ab, stolzierte, paradierte, alle lachten.

Abends ging sie mit ihrem Mann zu einem Fest. Sie war verliebt in ihn. Er sah wunderbar aus. Es waren die Tage und die Jahre seiner größten Erfolge, seiner besten Konstruktionen. Es war ein großartiges

Fest gewesen. Als sie zurückkamen, waren beide etwas betrunken. Nachts war sie so, wie sie nie vorher gewesen war. Manchmal glaubte er, erschrocken darüber zu sein oder bestürzt. Aber das waren nur Sekunden, und am Morgen erwachten sie, wie von einer Reise zurückgekommen aus Ländern, die sie nie vorher gekannt hatten.

Das war im August, im November sprach sie mit ihm. »Ich will das Kind nicht«, sagte sie, »ich will keine Kinder mehr. Zwei Kinder sind genug. Nein, mehr Kinder mag ich nicht.« Zärtlichkeit, bittende Worte, nichts nützte. Sie saß in ihrem Zimmer, die bloßen Füße auf dem grauen Fell ihres Hundes zusammengelegt, und starrte aus dem Fenster. ›Ich will es nicht! Nein, keine Kinder mehr, nicht mehr Menschen, nicht noch mehr Menschen.‹

Als er an einem Vormittag frühzeitig nach Hause kam, hörte er, daß seine Frau fortgefahren war. Er ahnte, wo sie war. Er fuhr in die Klinik, ging zu dem Arzt und sagte:

»Doktor, zeigen Sie es mir, ich will sehen, was Sie meiner Frau herausgenommen haben.«

Der Arzt sagte: »Es wäre ein Junge geworden.«

»Kann man das so früh sehen?«

»Natürlich«, sagte der Doktor, »es war doch schon drei Monate.«

»Und dann können Sie alles genau erkennen? Doktor, zeigen Sie es mir!«

Dann sah er das handgroße Gebilde, das auf einem Plastikteller lag. Blut, dunkelrot, eine genau erkennbare Form, genau der Kopf zu erkennen, die Arme, die Beine, alles tot. Dunkelrotes Blut. »Danke, Doktor«, sagte er, »danke, daß ich es gesehen habe.«

Als seine Frau wieder zu Hause war, setzte sie sich abends zu ihm an den Tisch. Sie wollten etwas essen, sie wollten etwas trinken, aber sie kamen dann nicht dazu.

»Du bist Katholikin, weißt du nicht, daß dein Papst dir das verbietet?«

Sie zuckte mit den Schultern: »Ich bin nicht mehr katholisch«, sagte sie. Ihre Stimme war, als ob sie gar nicht mehr zu ihr gehörte, wie etwas Neues, anderes.

»Ich gehe gern noch in die Messe, ja, aber sonst habe ich alles verlernt. Hier ist alles so anders, als ich es gekannt habe. Und ständig wird von mir etwas verlangt, was ich nie gelernt habe und von dem ich nie weiß, wie ich es machen soll. Warum lernt man das alles nicht? Man lernt immer nur das Falsche.« Dann legte sie die Hände zusammen und schüttelte den Kopf. »Nein«, sagte sie, »ich bin nicht mehr katholisch, ich glaube nichts mehr, ich weiß nicht, warum es so gekommen ist, aber ich glaube nichts mehr. Erinnerst du dich, wie wir in Marseille waren? Wir saßen in einem Café an der Straße und tranken etwas. Wie hieß noch die Straße? Cannebière, richtig«, sagte sie, »Cannebière, ich erinnere mich, und wir saßen da. Es war Nachmittag, wir waren aus Arles gekommen von den Stierkämpfen, das war schon so widerwärtig. Ich wollte das gar nicht sehen. Und dann fuhren wir die Autobahn nach Marseille. Diese merkwürdigen Stunden in der ungeheuren Hitze und die Erde zu beiden Seiten fast nur Gestein, gelbes Gestein und rot, das blendete alles in der Sonne, und die vielen kahlen Bäume und das verdorrte Gras, und dann kamen wir in Marseille an. Ich war so durstig, wir gingen schnell, einen Kaffee zu trinken. Und dann sahen wir all die Menschen, die an uns vorüberzogen. Was für eine Unmenge von Menschen, immer neue, immer mehr, und alle so verschieden untereinander, und doch wieder gleich. Frauen, alle Arten von Frauen, mit Taschen und Paketen, mit den vielen kleinen Kindern um sie herum. Frauen aus Arabien, braungebrannte, braunhäutige, die Algerierinnen und Negerinnen und Schwedinnen, die unterwegs waren, und Seeleute aus allen Ländern. Ein unendliches Gewoge, ein unendliches Geschiebe, ununterbrochen. Und ich dachte: mein Gott, was wollen alle diese Menschen? Alle wollen sie essen, alle wollen sie trinken, alle wollen sie arbeiten, sie wollen Geld haben, Geld verdienen. Wo können alle arbeiten, wie können sich alle ernähren? Und wer denkt an sie? Wer kann an alle diese Menschen denken und sie beschützen und vor Unheil bewahren?«

»Ich weiß nicht«, sagte sie nach einer Pause, »ob du gemerkt hast, wie verstört ich plötzlich war? Ich war so voll Angst, es schnürte mir die Kehle zu. Und überall, wohin wir kamen, immer mehr Menschen, immer mehr. Weißt du, wie ich zu Hause war in Innsbruck und jeden Morgen in die Messe ging, um halb sieben läuteten die Glocken. Manchmal im Winter war es noch dunkel, und in der Kirche waren wir vielleicht fünfzig oder hundert Menschen. Aber wir waren zusammen. Wir wollten zusammen an Gott denken. Wir wollten beten, und wir konnten glauben, daß Gott uns sieht. Ja, ich glaubte das, und

jeder von uns, und der Pfarrer sagte es uns: ecce angelus Dei, siehe, das ist der Engel des Herrn.«
»Mein Gott«, fuhr sie fort, »das alles habe ich verlassen, und was ist jetzt? Ich finde mich nicht mehr durch. Mich überwältigt alles. Für mich ist das zuviel. Ich bin voller Angst.«
Er versuchte ihre Hände zu fassen und streichelte die Hände und drückte sie an seine Lippen.
»Hab hier doch keine Angst«, sagte er, »das Haus ist groß genug, hier können wir doch alle leben, und ich passe doch für euch alle auf.«
»Ja, ja«, antwortete sie ihm und entzog ihm wieder die Hände, »ich weiß schon, du willst es und du tust es, aber der ganze Ansturm von außen, ob er nicht doch stärker sein wird als du?«
Als er am nächsten Tag nach Hause kam, war sie fort. Sie kam auch nicht mehr wieder. Luigi hatte sie zum Flugplatz fahren müssen, sie hatte den Hund dabei, sie hatte den Koffer. Sie kam nicht wieder.
Bald darauf kam der Tag von Pearl Harbor. Der Vater und die Kinder waren in dem Haus am Pazifik gewesen, als die Meldung im Radio kam. Als die Sirenen anfingen, unaufhörlich zu heulen, versuchten sie, in größter Eile durch das Verkehrschaos nach Washington zurückzukommen. Es war fast unmöglich. Es war, als ob ein vollkommener Irrsinn das ganze Land beherrschte. Es war unbeschreiblich, der Lärm war unglaublich. Man wußte gar nicht, woher dieser Lärm kam. An den Tankstellen war alles überfüllt. Die ganze Küste schien plötzlich menschenleer zu sein, und alles in jagender Flucht zurück in die Stadt. Mal saß Luigi am Steuer, mal der Vater selber. Die Kinder saßen hinten und starrten die vielen anderen Fahrzeuge an. Auch Eltern, auch Kinder, alle erschrocken, alle entsetzt, alle nur vorwärts, jede kleinste Lücke ausnützend, um über andere Wege zu kommen, über andere Straßen, und doch kamen sie endlich, nach stundenlangen Hin- und Herfahrten ermüdet, erschöpft, die Kinder verängstigt, wieder zu Hause an.
Es war später Nachmittag. Der rote Ball der Sonne war im Begriff, hinter den großen Bäumen zu verschwinden. Die Fenster in dem Haus standen offen. Es war ein heißer Tag gewesen. Der Vater fuhr fort, telefonierte, und war fort. Vincent ging in sein Zimmer.
Masi wollte sich waschen, eine andere frische Bluse anziehen. Die Tür ihres Zimmers stand noch offen. Ein Luftzug wehte sie zu, sie fiel lär-

mend ins Schloß, und als sie sich umdrehte, stand jemand da, der anscheinend an dem Spalier am Fenster hochgeklettert war, und lächelte und sah sie an. Er legte den Finger auf seinen Mund, als ob er sie bitten wollte, nichts zu sagen. Aber sie war so überrascht, daß sie sich kaum rühren konnte. Wer ist das, dachte sie. Ist es ein Fremder? Was will er hier? Dann fiel ihr ein, daß es einer der japanischen Gärtner sein konnte. Es war ein Japaner, ja das sah sie. Was wollte er? Unterdessen war er von der Fensterbank herabgesprungen, ganz leise, ganz vorsichtig, und ging auf sie zu. Er streckte seine Arme aus und berührte sie an den Schultern. Zuerst ganz leise, vorsichtig, dann plötzlich hart, so schmerzhaft, daß es ihr weh tat und sie aufschrie. Im selben Augenblick hielt er ihr die Hände über ihren Mund, dann packte er sie mit einer ungeheuren Kraft, als ob zwei Eisenstangen sie umschlossen und trug sie auf das Bett.

Später suchte Vincent nach seiner Schwester. Er lief im ganzen Haus herum, er rief im Garten, aber er bekam keine Antwort. Dann öffnete er die Tür zu ihrem Zimmer, und da war irgend etwas, was er nicht begriff. Alles war ganz anders als sonst. Seine Schwester lag auf ihrem Bett. Aber er sah nur die Beine und die Füße. Alles andere war zugedeckt mit ihrer Decke. Er versuchte, ein paar Schritte vorwärts zu gehen, und stand dann wieder still. Er rief ganz leise »Masi«, rief er, »Masi?« Dann wartete er noch einen Augenblick, ohne sich zu rühren, und ging aus dem Zimmer, kam noch einmal, nahm den Schlüssel, der von innen aufsteckte, schloß die Tür von außen zu und behielt den Schlüssel in der Hand. Dann ging er ans Telefon und wählte die Nummer. Es meldete sich die Sekretärin. »Miß Bolt«, sagte er, »ist mein Vater da?«
»Ah, du bist es, Vincent, guten Tag, wie geht es dir?«
»Danke«, sagte er, »ist mein Vater da?«
»Ja«, sagte Miß Bolt, »sofort!«
»Hallo«, sagte sein Vater, »hallo, wie nett, daß du mal anrufst.«
»David«, sagte er, »komm nach Haus, komm sofort.«
Er hörte, wie sein Vater etwas fragen wollte, dann wurde der Hörer aufgelegt. Vincent stellte sich unten in den Eingang und wartete. Das Auto kam schnell. Der Vater kam heraus. Er sah den Jungen in der Tür stehen.

»Was ist? Sag mir, was ist!« Der Junge gab ihm den Schlüssel. »Bitte, geh zu Masi, es ist etwas mit Masi.« Der Vater rannte die Treppe herauf, schloß die Tür auf und sah das Zimmer und sah seine Tochter. Er schlug die Decke zurück und er dachte, vielleicht – sie ist krank, sie ist tot, sie ist ohnmächtig. Nein, das war es alles nicht. Als er die Decke zurückschlug, hatte sie die Augen geöffnet und sah ihn an. Sie war nicht ohnmächtig, sie hatte alles gewußt, alles gesehen, alles gefühlt.

»Ein Japaner«, sagte sie, »er kam durch das Fenster.« Der Vater lief zum Telefon, er rief den Arzt an, der immer bei den Kindern gewesen war.

»Dr. Löwinger«, sagte er, »Dr. Löwinger, schnell.« Er blieb am Bett stehen, seine Tochter hatte das Gesicht abgewandt. Sie sah aus dem Fenster oder an die Decke, und er stand daneben. Dann kam Dr. Löwinger, dann kam ein Auto. Er trug seine Tochter in das Auto. Dr. Löwinger fuhr mit ihr fort. Dann sah er Vincent auf einem Stuhl auf der Terrasse sitzen. »Komm«, sagte er, »jetzt rufen wir die Polizei.« Die Polizei kam mit Hunden, mit vielen Polizisten. Sie durchsuchten den ganzen Garten, sie durchsuchten das Haus, noch einmal wieder den Garten, die angrenzenden Grundstücke. Die Hunde bellten und wollten los von der Leine. Aber sie fanden niemand. Luigi rannte herum, im ersten Stock standen die Angestellten und sprachen durcheinander, und jeder wollte etwas tun, und keiner wußte, was er tun sollte.

»Geht in eure Zimmer«, sagte Mr. Henderson, »und bleibt ruhig. Wenn ihr gebraucht werdet, rufe ich euch.« Mit einemmal war das Haus wieder still. Die Polizei fuhr fort. Genauso laut und heftig, wie es vorher gewesen war, so still wurde es jetzt. Er setzte sich in einen Stuhl in seinem Zimmer, er war müde, so unendlich müde. Er legte den Kopf in die Hände, er fuhr mit der Hand durch die Haare, über den Nacken. Er hatte das Gefühl, aufspringen zu wollen und irgend etwas zu tun. Aber was konnte er jetzt tun? Doch in all seiner Müdigkeit wußte er plötzlich: Der Mann ist hier. Hier irgendwo in der Nähe mußte er sein. Er blieb zusammengesunken sitzen, wie er gesessen hatte, aber er fühlte es in den Schultern, im Rücken. Er fühlte es wie eine Spannung über der ganzen Haut: Hier mußte er sein. Ganz vorsichtig, langsam, blickte er auf und sah ihn sofort. Einen kleinen Ja-

paner, der sich im Kamin versteckt hatte. Eine sehr kleine zierliche Gestalt, die sich vollkommen zusammengeduckt hatte und jetzt fast wie ein Tier aussah. Die beiden Männer sahen sich an. Es war etwas in dem Gesicht des Mannes, der da zusammengeduckt hockte, was er sofort spürte, trotz all der anderen Gedanken, die ihn beherrschten. Es war keine Verzweiflung in dem Gesicht gegenüber, auch keine Angst. Es war etwas ganz anderes. Ein Triumph oder Haß, etwas Überhebliches, etwas Lächelndes, Boshaftes, Bösartiges, etwas, auf das er am wenigsten vorbereitet war. Ein Japaner, dachte er, ein kleiner gelber Japaner. Er blieb ganz ruhig sitzen. Der Japaner blieb auch ruhig. Dann dachte er, was mache ich jetzt? Ich stehe auf und schlage ihn nieder, oder was tue ich? Wie gut, daß wir beide hier allein sind. Was für ein Glück, daß niemand da ist.
Nein, dachte er, ich schlage ihn nicht nieder. Da fing der Japaner an, sich zu bewegen, und holte aus seiner Jackentasche ein Messer heraus und schmiß es ihm vor die Füße. Er stieß es mit dem Fuß wieder zurück. Nein, dachte er, ich rühr es nicht an, das rühre ich nicht an. Dann überlegte er wieder. Ich könnte das Holz zusammenstapeln und könnte ein Feuer anzünden, und ich wär ihn los, für immer los. Er stand auf mit unendlicher Mühe, er ging zum Kamin, er bückte sich, alles mit unendlicher Mühe und unter großen Schmerzen. Er suchte Holzscheite zusammen. Während er damit beschäftigt war, beobachtete er den anderen überhaupt nicht mehr. Weil er genau wußte, der bewegt sich nicht, der rührt sich nicht, der bleibt genauso, bis alles zu Ende ist. Er suchte in seiner Tasche, aber er fand keine Zündhölzer. Ich muß Zündholzer suchen, dachte er, wo sind Zündhölzer? Unter größter Anstrengung – er hatte das Gefühl, seine Arme sind gelähmt, seine Beine sind gelähmt – versuchte er, zur Tür zu kommen, und während er ging, horchte er genau, ob hinter ihm eine Bewegung war. Er hörte nichts, keine Bewegung. Die Tür ging auf, und Luigi kam herein. Er griff nach dieser Schulter und hielt sich daran fest. Der Italiener sah sofort, was geschehen sollte.
»Mr. Henderson«, sagte er, »Mr. Henderson, ich bringe Sie nach oben.«
Er ließ sich führen, er hielt sich an Luigi und am Geländer fest und nahm Stufe für Stufe nach oben.
»Geh runter«, sagte er, »geh runter und tue es!«

Er ging in sein Schlafzimmer, zog die grünen Gardinen zu und fiel auf sein Bett.

Masi kam nach einer Woche wieder. Es wurde alles wieder, wie es vorher gewesen war. Sie sah genauso aus wie früher, sie war heiter, sie war ruhig, aber darüber sprach sie nie ein Wort. Er hatte oft das Verlangen und den Wunsch.
»Masi, mein Liebling«, sagte er, »komm zu mir.«
Sie setzte sich auf seinen Schoß, sie legte den Arm um seinen Hals, sie legten ihre Gesichter ganz nahe aneinander.
»Mein Herz«, sagte er, »wie geht es dir?«
»Oh, gut«, sagte sie, »es geht mir gut.«
Dann stand sie wieder auf und erzählte etwas Belangloses aus der Schule, erzählte etwas von Vincent, und Vincent stand daneben und sah seine Schwester an, aber über das andere, über das Ereignis an jenem Nachmittag, darüber sprachen sie nie.

3

Es war Monate später, da wurden ihm diese Vereinbarungen des Schweigens zwischen den Kindern, diese geheimen Absprachen untereinander fast unheimlich.
Er hatte Dr. Löwinger gebeten, ihn zu besuchen und abends mit ihm zu essen. Sie hatten zusammen die Nachrichten gehört über den Krieg, über die Schauplätze des Krieges in ganz Europa. Dann stellten sie das Radio ab, und die beiden Männer saßen allein in dem großen Zimmer. Dann kamen die beiden Kinder. Sie unterhielten sich alle vier zusammen, die höflichen, hübschen, klugen Kinder, der Vater, der alte jüdische Arzt. Als die Kinder aufstanden und gute Nacht sagten, stand der Arzt auch auf, schlich auf den Fußspitzen ihnen nach und öffnete die Tür, aus der sie hinausgegangen waren. Er sah die beiden zusammen auf der Terrasse stehen. Sie flüsterten miteinander, und als sie merkten, daß er ihnen nachgegangen war, lächelten sie und drehten sich zu ihm um und sagten noch einmal: »Gute Nacht, Dr. Löwinger.«
Der Arzt setzte sich wieder an den Tisch.
»Ihre Kinder haben bemerkenswerte Fähigkeiten«, sagte er, »sie können Geheimnisse bewahren, sie können sich wunderbar verstellen, sie kennen verschlungene Wege, auf denen man ihnen nie mehr zu begegnen meint. Aber wo sind sie wirklich?«
»Ihre Mutter war ähnlich«, sagte Henderson.
»Warum haben Sie nie versucht, sie zurückzuholen? Für die Kinder wäre es doch gut, wenn die Mutter da wäre.«
»Nein, ich werde es auch nie versuchen. Sie wollte ein anderes Leben, ich habe nicht das Recht, es ihr vorzuenthalten. Ich hätte sie nicht nach Amerika bringen dürfen, ich hätte sie nicht herausreißen dürfen aus dem Kreis, den sie kannte und der ihr genügte, in dem sie sich sicher fühlte. Später konnte sie nie mehr ihre Zaghaftigkeit überwinden, nicht ihre Angst und ihre Furcht. Sie hatte Furcht vor allem und

vor allen, sie hatte Gott verloren, und als sie sich dessen bewußt wurde, fing ihre Verzweiflung an. Zu Hause hatte sie anscheinend immer die Gewißheit, ihn neben sich zu haben, ihn in jeder Sekunde dabei zu haben. Er sah sie und sie sah ihn, sie tat, was er verlangte, und dafür beglückte er sie und erfüllte ihr Leben von Anfang an mit der Gewißheit der ewigen Seligkeit. Als ich sie und ihre Mutter zum erstenmal besuchte, faszinierte mich nicht nur Madeleine, sondern ihre ganze Umgebung, das Haus, das fast vierhundert Jahre alt war, die steinernen Treppen aus dem abgetretenen Marmor, die schmalen hohen Fenster mit der Aussicht auf die Berge und in den Zimmern, auf den weißgekalkten Wänden die Standbilder der vielen Heiligen mit ihren Schmerzen und ihrem Martyrium, mit den sehnsuchtsvollen Gebärden der Hände, die sich dem Himmel entgegendrängten und in dieser Welt verloren waren. Und dann die Glocken, Doktor, haben Sie einmal in Innsbruck das Läuten der Glocken gehört? Ich weiß nicht, ich habe vergessen, wie viele Kirchen es dort gibt, aber man hört es ununterbrochen. In der Morgenfrühe, um fünf Uhr fängt es schon an, und so jede Stunde des Tages. Dann das Mittagsläuten, wo nur die einzelnen Schläge zu hören waren, mit denen die Zeit voranlief bis zum Abend, wo in der beginnenden Dämmerung wieder das mahnende Dröhnen und Jubilieren begann, das die ganze Stadt erfüllte und alle Menschen einschloß in einen festen, unüberwindlichen Kreis der Ordnung und Beständigkeit. Aber hier, in diesem anderen Land, in diesen Dimensionen, die den einzelnen doch völlig übersehen und allein lassen, was sollte Madeleine hier, sie fühlte sich fremd von Anfang an. Sie ging morgens mit den Kindern in die Messe. Ich begleitete sie einige Male, ich wollte ihr eine Freude machen, ich wollte dabei sein. Aber jedesmal ging sie unbefriedigter und unglücklicher wieder nach Hause. Schließlich ließ sie es ganz. ›Ich mag nicht‹, sagte sie, ›die Leute husten, sie sind schläfrig, sie gähnen, sie sind nicht interessiert, was soll ich da?‹ Doktor«, sagte Henderson und griff nach der Hand des Arztes, der ihm immer noch ruhig gegenüber saß, »seien Sie nicht böse, wenn ich Ihnen das alles so erkläre, Sie sind doch der einzige, mit dem ich darüber sprechen kann, Sie haben sie gesehen, Sie haben sie gekannt, und Sie als Österreicher wissen das alles noch viel besser als ich. Sehen Sie, ich liebte diese Frau, ich hatte sie geheiratet aus Liebe, sonst nichts, wirkliche Liebe. Ich habe ge-

dacht, das würde so bleiben, es müßte so bleiben, die Kinder und sie und ich. Was meinen Sie, wie die Entdeckung mich berührte, als mir klar wurde, daß meine Gedanken falsch waren, daß wir alle für Madeleine nichts bedeuteten, oder fast nichts, und daß sie uns im selben Augenblick verließ, als ihr das bewußt wurde. Wie oft habe ich versucht, ihr deutlich zu machen, daß der Schöpfer unserer Erde, wenn es einen Schöpfer gibt oder wie Sie ihn auch bezeichnen und benennen wollen, Sie wissen, Doktor, ich habe in dieser Beziehung eine ganz reale und sachliche Einstellung, die von den Gedanken und Anschauungen meiner Frau vollkommen verschieden ist, aber gut, das macht nichts, das hätte ja doch zusammengehen können, warum muß immer alles gleich sein und übereinstimmen? Muß es gar nicht, das könnte doch die gemeinsamen Spannungen und Reize erhöhen. Nun gut, das ist mir nicht gelungen, was soll ich machen?«
Henderson verstummte plötzlich, stand auf und ging mehrere Male im Zimmer auf und ab, um den Tisch herum, an dem sie nach dem Essen zusammen gesessen hatten. Dann sah er auf den Tisch, auf dem noch die Teller und Schüsseln standen, die Spitzendecken, auf denen die Silberbestecke lagen, die Kristallvase mit den Blumen in der Mitte des Tisches, er blickte darauf nieder, als sehe er es zum erstenmal oder als entdecke er etwas ganz anderes. Er ging zur Tür, suchte neben der Tür die Klingel, um das Mädchen zu rufen, das abräumen sollte, ließ es dann aber und drehte sich wieder zu dem Arzt um, der ihm immer noch zuhörte.
»Doktor, als Österreicher werden Sie es am besten verstehen und begreifen, was ich Ihnen sage und nur Ihnen, denn mit wem sollte ich sonst darüber sprechen. Wenn ich ihr hätte begreiflich machen können, ja, mein Gott, warum konnte ich ihr nicht begreiflich machen – was wollte ich sagen? Ja, daß der Schöpfer von uns, unser Hersteller, der oder das, was uns in Bewegung setzte, der uns zwei Beine gab oder uns unsere zwei Beine entwickeln ließ, damit wir anfangen können zu laufen, daß der doch wohl von anderer Beschaffenheit war oder ist, als Madeleine sich das dachte. Und daß er, wenn er überhaupt da war, doch wohl imstande wäre, nicht nur Madeleine hier oder wo immer es war an der Leine zu halten, die sie nicht entbehren konnte, aber mit ihr doch gleichzeitig hundert Millionen anderer Frauen auch. Eskimofrauen und die Bewohnerinnen der Südsee-Archipele. Aber das

konnte sie nicht begreifen. Sie wollte etwas für sich haben, für sich allein, ein persönliches Verhältnis, eine persönliche Teilnahme, Anteilnahme, Fürsorge, und als sie daran zu zweifeln begann, verließ sie uns, weil sie überzeugt war, daß nicht wir, sondern daß das andere wichtiger war als alles sonst. Jetzt wird sie unentwegt danach suchen, unaufhörlich, und wird nur falsche Wege einschlagen und nie an ihr Ziel kommen. Aber sie wird es nicht aus den Augen lassen. Und, wissen Sie, Doktor, was ich am meisten fürchte, meine Kinder sind genauso. Nichts wird sie interessieren, als was über unsere erkennbaren Formeln und Begriffe hinausgeht, nur daran, an diese Jagd werden sie ihr Leben setzen, und ich, ihr Vater, stehe daneben und kann es nicht ändern.«

Henderson trat auf Dr. Löwinger zu, der ohne zu antworten und ohne sich zu rühren zugehört hatte. Er stellte sich neben ihn, als ob er ihn umarmen wollte, dann strich er ihm nur über die Schulter. »Danke, Doktor, danke für vieles, für vieles in vielen Jahren. Bitte warten Sie noch einen Augenblick, ich bin gleich zurück.«

Dr. Löwinger hörte ihn die Treppe hinaufgehen, hörte die Tür zu der oberen Etage, und nach einigen Minuten kam Henderson zurück. Er hatte einen Zeitungsausschnitt in der Hand.

»Hören Sie zu, Doktor, hören Sie noch einen Augenblick. Ich möchte Ihnen ein Gedicht vorlesen, das einen Entschluß von mir endgültig gemacht hat, so albern Ihnen das vielleicht vorkommen mag. Trotzdem, ich wäre glücklich, wenn Sie mich begreifen würden. Ich will Ihnen nur die ersten Zeilen vorlesen. Ich glaube, es ist von dem Franzosen Louis Aragon, ich fand es vor einigen Tagen in der Zeitung, und es hat meinen Überlegungen und Entschlüssen mit einemmal ein Ende gesetzt:

Heut' fiel Paris,
der Flieder duftet.
Oh, Herz von Frankreich,
zerschossen,
erobert,
besiegt.
Oh, Herz der Welt,
wer liebt dich nicht wie ich

und fühlt mit mir
was ich erleide
und steht bei mir
neben den weißblühenden,
blaublühenden,
duftenden Büschen
und klagt.«

Er faltete das Papier zusammen und steckte es in seine Brieftasche.
»Doktor, ich habe mich freiwillig gemeldet, ich fliege übermorgen nach London und komme dann an die englische Küste zu einem amerikanischen Fliegerkorps. Wollen Sie mir versprechen, daß Sie hier aufpassen, auf die Kinder, auf alles?«
Dr. Löwinger stieß seinen Stuhl zurück, seine Hände zitterten, seine Augen waren verzweifelt.
»Henderson, ich bin ein alter jüdischer Wanderer, ich war in Wien, ich mußte nach Prag, nach Frankreich, nach Spanien, nach Amerika. Und jetzt bin ich hier. Aber ich sage Ihnen, tun Sie das nicht, das ist unmöglich für Sie, mischen Sie sich da nicht ein. Das ist ein Geschäft für andere Leute, tun Sie es nicht, Sie werden es bereuen.«
»Doktor, geben Sie mir Ihre Hand und versprechen Sie mir, um was ich Sie gebeten habe.«
Der Arzt war aufgestanden, er nahm seinen Mantel und seinen Hut.
»Nein, danke, lassen Sie nur, es geht schon, danke.«
Henderson begleitete ihn aus dem Haus, es hatte geregnet. Der Kiesweg zum Parktor war feucht, von den Blättern tropfte es. Löwinger spannte seinen Regenschirm auf.
»Natürlich verspreche ich es Ihnen, das wissen Sie auch, Sie können sich darauf verlassen. Ich werde jeden Tag einmal vorbeikommen, aber Sie sollten das nicht tun. Keine Gewalt! Sie werden sehen, Sie werden es bereuen.«

4

Der Krieg war vorbei, der Krieg war gewonnen. Henderson kam nach Hause, unbeschädigt, unverletzt, unversehrt. Zu Hause war alles gutgegangen. Nichts war passiert. Sie nahmen das Leben wieder auf, wie es vorher gewesen war. Nur eine Kleinigkeit hatte sich verändert, eine Winzigkeit, die vorher nicht dagewesen war. Es ging ganz langsam vor sich, behutsam, so daß er sich dessen kaum bewußt war und ohne daß es seinen Kindern gleich bewußt wurde. Es war auch kein zwingender Anlaß, kein Druck oder eine Ursache, nichts. Aber, er saß mit den Kindern beim Mittagessen, oder er ging mit ihnen spazieren, oder sie waren in einer Unterhaltung begriffen – da bekam sein Gesicht einen abwesenden, verwirrten Ausdruck. Er hörte nicht mehr zu, was gesprochen wurde, er hörte auf zu essen, antwortete nichts, sondern nahm seine Hände und hielt sie gegen seine Ohren gepreßt, blieb so einige Minuten, kurze Zeit, dann nahm er die Hände herunter, und alles schloß sich genau den Sekunden an, die unterbrochen worden waren. Er aß weiter, ging spazieren und unterhielt sich. Zuerst erschraken die Kinder. Als sich das wiederholte, fingen sie an zu lachen.
»Darling, was hast du?«
»Was?«
»Du hältst dir die Ohren zu, wozu?«
»Tue ich das? Habe ich gar nicht gemerkt.«
Aber er fing an, abends früher hinaufzugehen, er isolierte sich.
»Gute Nacht, schlaft schön.«
Er zog sich hastig aus, warf seinen Anzug über einen Stuhl, zog die Vorhänge so weit zusammen, daß nur etwas Licht von der Nachtbeleuchtung der Straße hereinfiel, und legte sich mit einer Empfindung größter Erleichterung in sein Bett. Er war nicht müde, er wollte nur allein sein, ungestört, für sich sein. Er legte die Arme verschränkt unter seinen Kopf. Abgestützt von den weißen Kissen, zugedeckt mit der weißen Wolldecke, so lag er stundenlang, oft bis es Tag wurde.

Manchmal sprach er vor sich hin oder er lachte, oder er stand wieder auf, aß einen Apfel, holte sich eine Zigarette vom Nachttisch, zündete die Zigarette langsam an, warf das Streichholz in den Aschenbecher und lag wie vorher. Neben sich hatte er einen Schreibblock liegen und einen Bleistift. Wenn ihm etwas Besonderes einfiel, machte er das Licht an und schrieb es auf:

Genau nachprüfen, wann das Schloß Tittmoning gebaut wurde. Muß um 1200 oder früher gewesen sein.

Neffen von Churchill anrufen.

Das unterstrich er, das wollte er bald tun, morgen oder übermorgen. Er tat es dann doch nicht, aber in der Nacht machte es Spaß und Vergnügen, diese Möglichkeiten ins Auge zu fassen. Er hatte von Männern gehört, die sich zusammentaten und Reisen unternahmen, um die Kriegsschauplätze wiederzusehen, ihre Kampfstätten zu besuchen – darüber lächelte er. Das fand er merkwürdig. Aber er hätte Freude daran gehabt, einige Verbindungen aufrechtzuerhalten. Unter den Gefangenen, die mit ihm dort waren – es waren Belgier, Franzosen, Engländer –, war ein Junge gewesen, der ihm besonders gut gefallen hatte. Ein großer, schlanker Junge mit rötlichen Haaren, heiter, der Neffe von Churchill, der das Ganze als ein ungeheures Vergnügen auffaßte und ihm bei abendlichen Spaziergängen erzählte, daß er nur wartete, bis jemand kam, um ihn dort abzuholen und heimlich nach Österreich zu bringen. Und von Österreich aus würde er dann schon wieder nach England kommen.

Dann war noch ein junger Deutscher da, ein Wachsoldat, der abends mit Henderson in dem Burghof spazierenging. Sie sahen das Licht in der Wachstube und hörten, wie die anderen Soldaten sagten:

»Haben Sie schon ein Hitlerbild, das die ganze Wand ausfüllt?
Nein, ich will von Hitler keins, denn der Stalin gibt mir seins.«

Der Junge lachte verlegen. Dann erzählte er, daß er aus Königsberg kam und daß sie als Studenten in die Umgebung hinausgewandert waren, herrliche Buchenwälder, die Ostsee, hellgrün. Und an einem Ausflugsort hat eine kleine Hütte gestanden, eine kleine, ganz bescheidene Holzlaube, dort hat Kant gesessen und geschrieben.

»Kennen Sie Kant, wissen Sie, wer das war? Die Kritik der reinen Vernunft.«

Henderson lächelte. Ja, er wußte Bescheid.

Er überlegte und versuchte, sich an den Namen des Ortes zu erinnern, von dem der Junge gesprochen hatte. Aber den hatte er vergessen. Es dauerte auch gar nicht lange, bis der Österreicher kam, um Churchill abzuholen. Henderson rutschte mit ihnen die große Schloßmauer hinunter. Sie kamen an die Salzach, alles nachts, alles im Dunkeln. Die Salzach war eisig kalt. Es war kurz vor Weihnachten 1944, etwas Schnee, aber sonst klare Luft, der Mond zu sehen. Das Schloß dahinter, unter den großen Bäumen, blieb wie eine Erscheinung aus einem Traum hinter ihnen zurück. Die Stadt Tittmoning hat einen großen Marktplatz, der sich nach beiden Seiten öffnet: einmal nach Traunstein in Oberbayern und das andere Mal nach Salzburg, nach Österreich. Dazwischen fließt die Salzach, an der sie entlang liefen. Als der Morgen kam, nach dieser Flucht, es war ungefähr halb sechs Uhr, hellte sich der Himmel auf, mit hellgelben, ganz schmalen Streifen, die Sonne war im Osten zu sehen, die unter dem bedeckten Himmel dann wieder verschwand. Da waren sie schon nahe der österreichischen Grenze.

Aber es war noch ein Aufenthalt gewesen – wegen einer Frau. Sie hatten am Rand eines Waldes eine Hütte gefunden, angefüllt mit trockenem Laub, das hier wohl über den Winter aufbewahrt werden sollte, und es sah nicht so aus, als ob sich um diese Jahreszeit noch irgend jemand darum kümmern würde. Dort wollten sie sich tagsüber verstecken, ausruhen und am Abend weitergehen. Als sie ihre Jacken schon ausgezogen hatten, um sich schlafen zu legen, hörten sie einen Hund kommen, sie hörten seine Tritte, seinen Atem, er roch an der Erde und den Holzpfosten herum, sie standen bewegungslos, konnten aber den Hund sehen. Es war ein großer roter irischer Setter. Dann lief der Hund fort, und es war eine Zeitlang nichts zu hören. Henderson ging hinaus, und da stand eine Frau an einen Baum gelehnt und hatte den Hund jetzt an der Leine und sah direkt zu ihnen hinüber.

»Guten Morgen«, sagte sie, »was machen Sie hier?«

Henderson war so verwirrt, daß er nur auf die Hütte zeigte und sagte: »We are here together.«

Die Frau kam näher, der Hund wollte an ihm hochspringen. »Laß«, sagte sie, »nicht. Ich habe Sie schon lange gesehen, ich wollte den Wald hinuntergehen. Wir haben dort unten eine Wasserquelle, die muß man morgens in Bewegung setzen.«

Sie kam näher, bis sie fast neben ihm stand. Er wunderte sich, daß trotz der frühen Stunde ihr Gesicht ganz frisch und bewegt aussah, sie war sehr groß, schlank, sie trug einen schwarzen Mantel und ein grünes Wolltuch, unter dem ihre Haare hervorkamen. Der Hund lief jetzt am Waldrand herum, sonst war nichts zu sehen. Die hellen Streifen der Sonne hatten sich in ein zartes Rot verwandelt, das den ganzen Himmel überfiel, und in dem roten Schein waren kleine, glitzernde Kristalle zu sehen. Henderson versuchte sie zu fangen, aber sie zergingen, bevor er sie faßte.

»Wird es Schnee geben?«

»Sie sprechen ja Deutsch.«

»Meine Frau ist Deutsche, ich meine, sie ist Österreicherin.«

»Warum sind Sie nicht bei Ihrer Frau? Ich habe auch einen Mann, der ist in Rußland. Dort graben sie sich Löcher in den Schnee, um sich zu verstecken. Aber wenn die Russen sie entdecken, werfen sie ein Seil und versuchen, sie damit herauszuziehen, und wenn sie sie haben, legen sie sie unter ihren Panzer und fahren darüber weg. Mein Gott, was macht Ihr Männer bloß für Sachen!«

Sie lächelte und kam ihm näher. Er erinnerte sich genau an dies Lächeln und an ihr Gesicht, etwas traurig, etwas hoffnungslos, sehr empfindsam.

»Bitte«, sagte sie, »küssen Sie mich, mich hat so lange niemand geküßt.«

Er beugte sich zu ihr nieder. Er konnte fühlen, wie schnell ihr Herz klopfte, ihre Lippen waren kühl und zart, so angenehm weich. Dann drehte sie sich plötzlich um.

»Kann ich etwas für Sie tun? Möchten Sie heißen Kaffee oder kann ich Ihnen irgend etwas bringen? Nein? Also, alles Gute, bis Sie wieder nach Hause kommen.«

Sie rief den Hund, der hastig herankam, sein Atem war in der kalten Luft wie weißer Rauch, und dann verschwand sie mit ihm im Wald.

Aber da war noch jemand gewesen, an den Henderson sich erinnerte, Fields, Christopher, Chris Fields. Er sprach den Namen vor sich hin. Das war sein Funker im Flugzeug gewesen, ein kleiner Ire. Immer in der Khakihose, in dem gleichen Hemd, die dünnen Beine mit den vielen blonden Haaren und den Sommersprossen. Er wußte immer Be-

scheid: ›Heut' geht alles gut, es kann gar nichts passieren, heut' wird es prima.‹ Oder: ›Um Mitternacht sind wir längst wieder hier.‹ Er stülpte seine Hörmuscheln über die Ohren, aus denen schon der ganze Lärm des beginnenden Abflugs und die Befehle zum Start kamen. Dann rollte die Maschine mit dreißig, vierzig, fünfzig anderen schwerfällig, vollgeladen mit Bomben, über das Rollfeld, erhob sich in die Luft, über den Kanal und der Nordsee dem Ziel entgegen. Nur ein einziges Mal sagte er nichts, lächelte nicht, pfiff nicht, scherzte nicht. Als sie schon über Holland waren, sechstausend Meter hoch, sah Henderson noch einmal zu ihm hin, so lange, bis der ihn auch ansah, mit einem ganz ruhigen, ernsten Blick und den Kopf schüttelte. Dann wurden auch schon Nachtjäger gemeldet, Leuchtkugeln stiegen auf, von den Stellungen der Deutschen an der holländischen Grenze. Aus dem Funkkanal kam Rufen, schnelles, lautes Rufen: »Hunters to me, hunters to me.«
Aber sie kamen noch bis Würzburg, wo sie hin sollten. Die Bomben fielen hinunter. Unter ihnen breitete sich das Feuer aus, immer stärker, immer mehr, ein Meer von Feuer, rotglühendes Gewoge, das aus den schwarzen Rauchwolken immer stärker aufstieg. Ein ungeheurer Knall riß die Maschine auseinander, der Funker fiel über Hendersons Knie, der wurde zur Seite gerissen, aus der Maschine hinausgeschleudert und sah nur noch, wie sie neben ihm trudelnd und in immer schnelleren Kreisen zur Erde fiel und explodierte. Aber sein Fallschirm hatte sich geöffnet, und in diesen Minuten, als er zur Erde schwebte, es war um Mitternacht so hell wie am Tage, er konnte jeden Baum unter sich erkennen, das Wasser eines Flusses – da hielt er zum erstenmal seine Hände über die Ohren, um nichts mehr zu hören. Nicht den Lärm und das Prasseln des Feuers, die Flakgeschütze, die Bomben, die immer noch einschlugen, und nicht die Glocken, die in der Stadt läuteten. Alle Glocken waren in Bewegung gesetzt worden und hörten, durch die Hitze des Feuers und durch den Sturm, der sich durch die Hitze entfachte, auch immer noch nicht auf, als er schon zur Erde gefallen war. Unentwegt drang es an seine Ohren. Die Seide des Fallschirms blieb über ihm aufgespannt, und erst als der Nachtwind zur Ruhe kam, hörte auch das Flattern des Schirms auf, und so fanden ihn am Morgen die Soldaten eines Lastwagens, die auf der Straße neben ihm vorbeifuhren.

5

Es ist wahr, dachte er, Löwinger hatte recht. Er sprach es laut und deutlich für sich aus. Ich bereue es wirklich, ich bereue. In dieser Zeit war er zu den Kindern zärtlicher als sonst, kurz bevor dann die Veränderungen eintraten. Masi verließ das Haus, Vincent ging fort, Luigi sagte adieu.
Am besten wäre es vielleicht, die nächste Passage zu überschlagen, sie unter den Tisch fallenzulassen wie beschriebene Blätter, die nichts taugen, reiß sie entzwei und schmeiß sie fort, oder man könnte das Ganze in eine Klammer setzen, wie man es in der Schule gelernt hat. Klammer auf, das gleiche Zeichen wie für den aufgehenden Mond, Klammer zu, abnehmender Mond, dazwischen das am Himmel auf- und abschwebende Licht in der Phase von drei Wochen. Also: (In dieser Zeit passierte auch alles. Masi hatte sich ein Pferd gewünscht, es kam mit dem Flugzeug aus der Tschechoslowakei, sie lud ihre Freundinnen ein, das Pferd anzusehen. Die Mädchen saßen zusammen auf der Holzbank in der Reithalle, die gebaut worden war, und die schneeweiße Schönheit wurde hereingeführt von einem Kroaten, der zur Pflege mitgekommen war. Ein kleiner stämmiger Mann in hohen braunen Lederstiefeln, einer Lederweste und einem weißen Leinenhemd, sehr weit geschnitten und an den Armen wie ein Beutel auslaufend. Er ging neben dem Pferd her, er hielt es nur an einer schmalen roten Leine, mit der es aufgezäumt war.

Es hilft gar nichts, das Pferd näher zu beschreiben. Eine vollkommene Schönheit, schneeweiß, perlengleich das Fell, der Schwanz wie eine weiße Seidenfahne, die spitzen, beweglichen Ohren, die etwas dunkleren Nüstern, die ganz weich schienen und auch noch innen einen Schimmer von Rosa hatten, die Augen groß, klug, zärtlich. Alle, die herumsaßen, die Mädchen, der Vater, Luigi, die Köchin, die Gärtner, jeder empfand etwas wie Bewunderung und Demut. Sie kannten

keine vergleichbare Schönheit und Vollkommenheit. Wenn man in Schlössern der Vergangenheit die Treppen hinaufgeht, findet man an den Wänden im Halbdunkel Bilder von Frauen, wie es sie heute nicht mehr gibt. Weiße Haut in weißen Spitzen, weiche, lockige Haare, Verlockung und Stolz in den Augen. So war das Pferd. Niemand sagte auch, wenn davon die Rede war, und das war es fast immer: »das Pferd« oder »das Tier« oder nannte es mit seinem Namen, einem langen, berühmten Namen. Es hieß immer nur »sie«. Hast du sie heute schon gesehen? Wie geht es ihr? Ich habe hier eine Handvoll Zuckerschnitzel, die mag sie gern. Gehen wir doch noch einmal zu ihr. Masi verbrachte ganze Stunden morgens bis abends nur noch mit ihr. Ihre Erwartungen waren übertroffen worden, ihre Zärtlichkeit zueinander zu bedingungslos, das Verständnis miteinander ohne jede Mühe.
Dann passierte es, als sie ausritten, daß direkt vor ihnen ein Vogel aufflog, das Pferd erschrak, Masi fiel aus dem Sattel und kam mit Schmerzen im Bein, das Pferd am Halfter, wieder nach Hause. Peitschenschläge, Geschrei. Der Kroate stand neben dem Pferd, das er festgebunden hatte, so daß es kaum den Kopf bewegen konnte. Aus den Nüstern kam blutiger Schaum, aber er hörte nicht auf, das Pferd zu schlagen. »Es muß lernen, nicht erschrecken, nicht abwerfen, das darf nicht sein.«
Mach die Klammer zu.)

Mehr will niemand darüber hören.
Vincent riß die Garagentür auf, ließ den Wagen an. Seine Schwester stand neben ihm. Sie war zu keiner Bewegung fähig. Sie hatte die Hände über Schultern und Kopf erhoben, als wollte sie die Schläge abwehren. Vincent schob sie in den Wagen.
Die beiden waren längere Zeit fort. Die kleine Reithalle wurde abgerissen. Luigi fuhr das Pferd zu Freunden nach Vermont, auf grüne Wiesen, in grüne Wälder. Als er zurückkam, saß Henderson allein beim Abendessen, das Essen stand vor ihm, er hatte wie immer kaum das Nötigste angerührt. Luigi setzte sich in eine Ecke des Zimmers, vor sich einen Tisch, auf dem Gläser und Flaschen standen, aus denen er immer wieder einschenkte. Im ganzen Haus war es still. Ein Tornado war vorübergegangen. Die Schäden waren nicht übersehbar, die Menschen waren erschöpft, und an Aufräumen war nicht zu denken.

Luigi setzte sich Henderson gegenüber an den Tisch: »Darf ich hier sitzen, bei Ihnen?«

»Ja.«

»Mr. Henderson, jetzt will ich Ihnen sagen, warum ich von zu Hause fort bin. Heute abend können Sie es vielleicht am besten verstehen. Ich glaube, es ist nicht leicht, Kinder zu haben. Man macht sie und hat Spaß und scherzt und lacht, aber wie werden sie, wenn sie dann da sind? Für Sie ist das alles anders als für mich, Ihre Kinder sind anders als meine.«

Er griff nach Hendersons Hand und hielt sie fest.

»Aber ich war genauso glücklich wie Sie oder wie alle, als meine Frau einen dicken Bauch bekam. Sie war jung und lustig und ganz gesund, alles nur Kleinigkeiten, wir hatten ein Haus, sie arbeitete bis zum letzten Augenblick, bis der Junge kam. Wir waren stolz, glücklich. Das nächste Jahr kam noch ein Junge. Nie hätte ich daran gedacht aus Sizilien fortzugehen, wozu hätte ich das tun sollen? Und dann kam ein Nachmittag, meine Frau war nicht da, sie wollte etwas kaufen oder besorgen, der ältere Junge schrie. Ich wollte ihn hochnehmen, wie ich es oft getan habe, und da sah der Junge mich an, ein Kind, eben ein Jahr alt; ein Gesicht wie ein Erwachsener, als ob er in kurzen Augenblicken, in Sekunden, Jahre übersprungen hätte, er kniff die Augen zusammen und starrte mich an, voll Haß, voll Wut, so böse, ich war nicht darauf gefaßt, ich hatte es nicht erwartet, verstehen Sie bitte, ich erschrak so sehr, daß ich ihn fast fallen ließ. Ich legte ihn schnell zurück in sein Bett und ging aus dem Haus und lief draußen herum. Ich wußte nicht, was das bedeutete. Etwas später ging ich noch einmal zu ihm, da schlief er, ein kleines Kind mit rosigen Wangen und kaum Haaren auf dem Kopf. Die kleinen Finger lagen auf dem Kissen. Wissen Sie, abends bin ich zu Nachbarn gegangen, nette Leute, ich hab soviel getrunken wie nie vorher und habe soviel gelacht wie selten. Ich hatte immer das Gefühl, ich muß lachen. Ich wollte das loswerden, verstehen Sie. Aber es gelang mir nicht. Ich habe nie mehr das Kind angefaßt. Ich habe auch zu meiner Frau nicht darüber gesprochen, zu niemand bisher, nur jetzt, was meinen Sie dazu?«

Luigi stand auf, holte eine Zigarette aus seiner Hosentasche, zündete sie an und ging im Zimmer auf und ab. Er wartete die Antwort von Henderson gar nicht ab.

»Ich bin dann fort, es war besser, es war etwas geschehen, was alles veränderte, oh, Gott, was hab ich für Heimweh gehabt. Wieviel weiß denn ein Kind schon? Kann es denken, weiß es mehr, als wir wissen? Ich versuchte mir immer einzureden, daß es eine Täuschung gewesen war, eine Dummheit von mir, alles ganz natürlich, aber ich wußte, daß es nicht so war.«
Sie hörten einen Wagen, Luigi riß das Fenster auf, er hatte gehört, daß der Wagen zur Garage fuhr.
»Sie sind wieder da, die Kinder sind da. Bleiben Sie sitzen, Mr. Henderson, bitte, sie werden ja hier hereinkommen, nichts merken lassen, wir bleiben ruhig hier sitzen.«
Sie hörten die Klingel, wie die Haustür ihnen aufgeschlossen wurde, die schreiende Stimme der Köchin, die Masi begrüßte, und dann kamen die Kinder herein.
Aber es waren keine Kinder mehr, sie waren anders. »Wir waren an der Küste«, sagte Vincent, »in unserem Haus. Alles ist in Ordnung. Wir waren so lange nicht dort, es war schön.«
Masi trug dunkelblaue Jeans und eine Lederjacke, sie hatte die Haare hochgesteckt, eine breite Strähne fiel ihr über die Schultern.
»Guten Abend, David. Luigi, wie geht es dir?«
Sie nahm sich ein Glas und trank von dem Wein.
»Gut«, sagte sie, »der ist gut, noch ein Glas, fein.« Dann wagte sie, ihren Vater anzusehen.
»Ich gehe nach oben, wir sind schrecklich müde, Vincent ist so schnell gefahren.«
Sie küßte ihren Vater, ein leichter, weicher Kuß, dann hörten sie ihre Schritte auf der Treppe und oben im Zimmer. Luigi stand auch auf.
»Gute Nacht, Mr. Henderson, vielen Dank.«
Er ging durch den Park, schloß die Garage und löschte das Licht, es wurde draußen dunkel.
»David«, sagte Vincent, »ich möchte dich sehr um etwas bitten, ich habe es mir unterdessen überlegt, gibst du mir die Adresse von Madeleine? Ich möchte so gerne meine Mutter einmal sehen.«

Aber bevor Vincent fortfuhr, bat Luigi um Urlaub, in vier bis sechs Wochen würde er zurück sein.
Henderson flog nach Konstantinopel, mit den Plänen für eine neue

Brücke über den Bosporus, und Miß Liza Ford, eine Schwester des Vaters, nahm Masi mit nach Südamerika, später würde sie dann nach Europa fahren.

Das Haus stand leer. Wie kam das plötzlich? Das Haus war in Ordnung, die Ziegel auf dem Dach ebenfalls. In dem blanken Marmor spiegelten sich immer noch die Zweige der Bäume. Aber nur die Angestellten saßen auf den Bänken in der Sonne im Garten und pflückten die Blumen und stellten sie in die Vase oder ließen sie abfallen und verwelken. Als Henderson aus der Türkei zurückkam, bekam er einen Brief von Vincent.

Brief von Vincent aus London
an seinen Vater David Henderson in Washington

London, The Dorchester

Denke nie mehr an sie, vergiß sie, vergiß sie vollkommen, ich will es auch tun, ich will es versuchen. Ich will schreiben, wie es war, damit Du Bescheid weißt. Als ich hier im Hotel angekommen war, überlegte ich, ob ich bis Edinburgh fliegen sollte oder ob es besser sei, mir einen Wagen zu nehmen. Weißt Du, das Ganze erschien mir so verlockend, noch alles ein bißchen hinauszuzögern, noch einige Stunden hier in London zu haben, Stunden, die ich mit Warten verbringen konnte, Warten darauf, endlich nach Jahren meine Mutter wiederzusehen. Sei nicht böse, daß ich das dachte. Du warst immer für uns da und so um uns bemüht, daß wir beide, Masi und ich, nicht viel entbehrt haben, aber jetzt, wo es mir möglich sein würde, sie zu sehen, wo ich hoffen konnte, in einigen Stunden bei ihr zu sein, erschien mir das so überwältigend, daß die Erwartung noch schöner und schmerzhafter wurde und die Möglichkeit des Hinauszögerns einen ungekannten Reiz bekam.

Ich blieb also den Abend in London, ging im Hydepark spazieren, traf – denk Dir nur – zwei Mädchen, die ich vom College her kannte und die hier eine Galerie eröffnet haben. Zwei nette Mädchen aus Amerika mitten in London. Sie hatten wirklich schöne Bilder, eine nette kleine

Wohnung in Grün und Weiß, sie machten Salate, kochten Kaffee. Dann gingen wir später noch in ein kleines Chinesen-Lokal nach Soho.
Wir wurden mit Hallo empfangen, es waren mehrere Amerikaner da. Es war ein netter Abend, und dabei immer ein Kreisel, wie von einer Peitsche angetrieben, im Kopf herumtanzend: Morgen sehe ich meine Mutter. Ich sehe meine Mutter.
Ich lieh mir vom Hotel einen Wagen und war am nächsten Morgen früh unterwegs. Ich dachte, es wird Spaß machen, England von der Landstraße aus zu sehen, ich hatte mir eine Karte besorgt und würde mich zurechtfinden. Ich fuhr nicht sehr schnell, manches wollte ich näher sehen, alte Häuser mit Blumengärten, schöne Straßen, alte Schlösser mit herrlichen Parks, und deshalb war es fast Abend, als ich ankam, wo ich hinwollte.
Ein riesiges Schloß aus der Tudor-Zeit mit einem ungeheuren Park. Ich hatte den Wagen erst am Tor stehenlassen, dann ging ich noch einmal zurück, weil mir der Weg doch zu lang schien, und ich dachte auch: Es ist besser, ich komme mit dem Wagen als zu Fuß.
Vor dem Eingangstor standen mehrere Autos mit Londoner Kennzeichen, mit Edinburgher Kennzeichen, und als ich hineinging, kam ein Butler. Er schien mich zu erwarten. Ich hatte Madeleine ein Telegramm geschickt, daß ich komme und daß ich bitte, sie sehen zu können.
Ich wurde in ein Gastzimmer im ersten Stock hinaufgebracht, ein sehr großes Zimmer mit alten englischen Möbeln, mit dunkelroten seidenen Gardinen und einer Aussicht auf den Park. Auf dem Tisch neben dem Bett standen Rosen in einer Vase, und nach einer halben Stunde kam ein Diener und brachte mir einen Tee und bat mich, um neun Uhr zum Dinner unten zu sein.
Ich wartete in dem Zimmer, bis es soweit war. Ab und zu dachte ich: Vielleicht ruft sie an, daß ich vorher kommen soll oder daß wir uns vorher noch sehen können. Aber das Telefon klingelte nicht, und ich selber hatte nicht den Mut dazu, das muß ich ehrlich sagen.
Ich wartete also, bis es neun Uhr war. Ich hatte mich umgezogen und fand dann auch schnell den Eßsaal, weil er hell erleuchtet war und schon ziemlich viel Leute da waren.
Der Herzog saß in der Mitte des Tisches. Neben ihm standen zwei

Diener. Die Tafel war gedeckt, und alles war so, wie man sich nur in irgendeinem anderen Land das Leben eines Herzogs in einem Schloß in England vorstellt.

Ich weiß nicht, was es war, aber von Anfang an war irgend etwas, was mir Unbehagen machte. Was war es, ich wußte es nicht, aber irgend etwas beunruhigte mich sehr und machte mich unglücklich. Ich sah Madeleine unter all den Menschen nicht. Es waren auch nur zwei junge Mädchen da, die anderen Gäste waren alles Männer. Zu einem anderen Zeitpunkt hätte ich vielleicht gesagt, die Mädchen sind fabelhaft, sie waren sehr groß, schlank, hatten beide ganz glatte blonde Haare und sehr schöne, nur etwas unverschämte Gesichter mit großen Augen und sehr starken hellgrünen Lidschatten. Sie trugen sehr kurze weiße Kleider und wurden mir als zwei Ladies aus der Nachbarschaft vorgestellt, zwei Schwestern.

Dann setzten sich alle zu Tisch. Ich bekam einen Platz dem Hausherrn gegenüber. Als ich mich gesetzt hatte, sah er mich an und nickte mir zu. Ich sah ihn auch an, ein ziemlich großer, korpulenter Mann mit rötlichen Haaren und einem schmalen Kopf, sehr hellen, fast wäßrigen Augen. »Guten Abend, Sir«, sagte ich. »Ich freue mich, Sie zu sehen!«

Das Essen begann, Madeleine war immer noch nicht da. Neben dem Herzog saßen rechts und links jetzt noch zwei junge Mädchen, die zum Schluß dazugekommen waren und in ihrem ganzen Wesen etwas unsäglich Albernes und Blödsinniges hatten, was sie auch gar nicht zu verbergen trachteten. Nach kurzer Zeit bemerkte ich, daß die beiden gar keine Mädchen waren, sondern Jungen.

Während des ganzen Essens dachte ich, ob es nicht möglich wäre aufzustehen. Ich fühlte mich so unfrei, so verloren in dem ganzen Gelächter und Gekicher, und ich wußte nicht mehr, wozu ich eigentlich hergekommen war. Ich wollte doch meine Mutter sehen, aber wo war sie?

Als das Essen vorbei war, bei dem schon ziemlich viel getrunken wurde, blieb der Herzog mit den beiden Gästen neben ihm noch sitzen, beugte sich über den Tisch zu mir herüber, zeigte auf seine Gäste und sagte leise, in einem sehr merkwürdigen Ton, jedoch so, daß ich es deutlich hören mußte: »Madeleine was in London. She found the girls.« Ich stand auf, ich fand mein Zimmer nicht gleich. Ich irrte auf dem langen Gang herum, dann kam ein Diener und öffnete mir meine Tür. Ich riß meine Jacke herunter, ich riß mir das Hemd auf. Ich hatte das Gefühl, zu ersticken. Dann saß ich stundenlang und wartete, daß das Telefon klingeln sollte. Es klingelte nicht, die ganze Nacht nicht! So früh am Morgen, als es irgend ging, fuhr ich nach London zurück.

Das ist alles, was ich Dir berichten kann. Vergiß alles, ich will es auch vergessen.

6

Das Schiff, mit dem Masi aus Amerika kam, fuhr bis Bremerhaven. Nach einem kurzen Aufenthalt konnte sie in einen Zug nach Hamburg einsteigen, und dort ging sie in ein Hotel an der Alster, wo ihr Vater schon gewohnt hatte. Ein Zimmer war für sie bestellt. Sie blieb lange. Sie hatte ein Zimmer mit Aussicht zur Alster, und am gegenüberliegenden Ufer war das weiße Haus des Amerikanischen Generalkonsulates zu sehen, die Stars and Stripes wehte auf dem Dach.

In diesem Hotel fühlte sie sich wohl. Niemand störte sie, niemand fragte etwas, die Angestellten waren freundlich und höflich. Abends saß sie in der Halle, las die Zeitungen und betrachtete die Menschen, Anreisende und Abschiednehmende, Leute aus allen Ländern.
Sie war ruhig. Sie war zufrieden. Es schien zwar immer, als ob in der Ferne sich ein dunkles Gebirge am Horizont aufbaute, drohend, düster, tödlich, Furcht einflößend, alles zerstörend. Aber noch kam es nicht näher. Sie blieb bei ihrer Heiterkeit und Gelassenheit. Pause. Sie aß viel. Wenn sie morgens aufgewacht war, badete sie, dann kam das Frühstück. Der Kaffee war sehr gut, stark, heiß. Es gab verschiedene Brötchen, Brot, Marmelade, Honig, sie aß von allem. Dann blieb sie im Bett liegen bis zehn oder elf, stand dann auf, zog sich an, ging etwas spazieren, schaute auf dieses und jenes, blieb stehen, wenn sie etwas interessierte, und ging weiter, wenn das Interesse vorbei war. Mittags setzte sie sich unten in den großen Grillraum, nahm die Speisekarte, wählte lange und sorgfältig. Dann bestellte sie. Lady-Curzon-Suppe, gebackenen Fisch mit Tartarsoße, einen Teller grünen Salat, French Dressing, sie trank Orangensaft oder etwas Wein aus der kleinen Karaffe, Moselwein oder eine halbe Flasche von der Saar, eine Auslese trocken, weich und mild. Dann aß sie einen Nachtisch, Schokoladenpudding mit Schlagsahne oder Caramelcreme oder Rote Grütze mit frischer Sahne oder etwas, das in einem großen Glas ser-

viert wurde, mit geschlagener Sahne und Haselnüssen vermischt, oben angefüllt mit eingemachten roten Kirschen und darüber Vanillesoße. Dann bedankte sie sich freundlich, gab ein reichliches Trinkgeld und ging nach oben in ihr Zimmer. Dort saß sie still und sah aus dem Fenster oder legte sich ins Bett und schlief. Nach einigen Stunden wachte sie wieder auf, trank einen Kaffee, dann ging sie nach unten in die Halle, ging wieder spazieren, dann setzte sie sich wieder in das Restaurant und aß. Koteletts, Roastbeef oder gegrillte Lammkoteletts mit gedünstetem Spinat, wieder ein Nachtisch, wieder etwas Wein. Sie bedankte sich, gab ein reichliches Trinkgeld und ging wieder auf ihr Zimmer. Sie sah aus dem Fenster. Es wurde dunkel. Die kleinen weißen Boote auf der Alster fuhren nur bis neun Uhr. Es waren wenige Autos, wenige Menschen zu sehen, aber dafür die Leuchtreklame und die angestrahlten Türme der großen Kirchen mit den spitzen, dunkelgrünen Kupferdächern und einem vergoldeten Schiff oben am höchsten Punkt. Sie nahm eine Schlaftablette, dann schlief sie weiter. Jeden Tag das gleiche, Tag für Tag. Nach einigen Wochen schien es ihr, daß sie zugenommen hätte. Sie fuhr mit dem Schlafwagen nach Zürich und meldete sich in einem Sanatorium. Dort gab es morgens Kamillentee und ein Müsli, aber das war ihr ganz recht. Sie war freundlich, gab reichliche Trinkgelder, sie ordnete sich den Regeln unter, sie tat, was man von ihr erwartete, sie aß, was ihr gebracht wurde, und nach kurzer Zeit war sie so schlank wie zuvor und fuhr nach Hamburg zurück – so ging es Tag für Tag.
Ihr Verlangen nach einer anderen Art des Lebens war gering. Manchmal blieb sie vor einem Reisebüro stehen. Die Bahamas mit Palmen im Wind. Oder Rom. Oder die Gazellen in Afrika. Aber sie war allein. Wer hätte mit ihr fahren sollen! Der Gedanke, daß die Tür des Flugzeugs hinter ihr zuschlagen würde und daß sie mit anderen Passagieren auf Gedeih und Verderb eingesperrt war, bereitete ihr drohende Angst. Wenn sie die hohe Drehzahl der Motoren hörte, die die Maschine über das Rollfeld brachten, preßte sie ihre Hände fest zusammen, fühlte sie feucht werden und versuchte ihr Entsetzen zu überwinden. Sie setzte sich stets auf einen Platz in der Mitte des Flugzeugs. Es gelang ihr niemals, aus dem Fenster zu sehen. Unter ihr die entschwindende Erde und über ihr der Himmel mit den vorüberziehenden Wolken. Unentwegt horchte sie auf die Motoren. Ob

alles gutgehen würde oder ob plötzlich Geräusche aufsteigen, die ihr Angst, Schrecken und Verzweiflung einflößen würden? Sie sah auf die beiden Stewardessen, die hinter dem Cockpit auf ihren Plätzen saßen, bis die Maschine in der Luft war. Sie beobachtete diese beiden Mädchen ganz genau. Sie horchten auch, sie konnten es nicht verbergen, sie sahen auf ihre Füße, auf ihre Schuhe und hielten die Köpfe gesenkt.

Ihr müßte jemand begegnen, der mitkommen könnte und der Glück hat. Vielleicht war es möglich, einmal jemand zu finden, eine Frau, ein Mädchen, ein Kind, ein Amulett, ein Glückskind. Irgend jemand, der verhindern könnte, daß das Flugzeug abstürzt oder daß es von Flammen verbrannt wird, so daß nur noch Bilder von Rauchschwaden übrigbleiben, die jeder dann abends im Fernsehen betrachten kann. Sie war überzeugt, daß sie nicht zu den Unüberwindbaren, Unzerstörbaren gehörte, nein, das sicher nicht. Aber es müßte doch andere geben, die die Gangway hinaufgehen und winken und lachen und Blumen im Arm haben und Stunden später genauso winkend und lachend wieder aussteigen. Wie könnte man es fertigbringen, in diesen Kreis zu gelangen, wie könnte man sie zu sich heranlocken. Auf welche Weise wären sie imstande, Gefahren abzuwenden und zu verhindern. Du fährst Caesar und sein Glück.

Sie nahm ihre Spaziergänge wieder auf.

Hinter dem Hotel waren einige Straßen, in denen sich Türken und Jugoslawen angesiedelt hatten. Dort war Musik, es gab türkischen Kaffee im Locanta Istanbul. Vor dieser Glastür stand ein Junge und strich die Fassade mit einer grellen gelben Farbe an, die er in einem Marmeladeneimer neben sich stehen hatte. Gegenüber, in einem alten, rötlichen Haus, war neben einer schmalen Haustür eine große Scheibe, die mit einer hölzernen blauen Jalousie fast zugehängt war. Sie war oft daran vorbeigegangen, hatte aber eigentlich niemals Licht bemerkt. Jetzt brannte dort im Hintergrund eine kleine Lampe, und außerdem sah man zwei rote Punkte von einem Stereoapparat und einen Projektor, den ein Mann bediente, der auf einem Sofa saß. Sie mühte sich, durch die Jalousie hindurch zu erkennen, was der Mann für Bilder betrachtete. Er schien sie gar nicht zu bemerken und ließ nur in gleichen Abständen die Fotos kommen. Es waren Farbdias. Ein Negerredner, der mit Intensität und großen Gebärden zu anderen

Negern sprach, die um ihn versammelt waren. Angela Davies kam ins Bild, aber merkwürdigerweise hatte sie jetzt keine schwarzen, sondern ganz dunkelrote Haare. Dann kam ein Mexikaner mit einem Messer in der Hand und stach unentwegt auf ein Plakat ein, auf das schwarze Kreuze gemalt waren.
Neben dem Mann saß ein kleines blondes Mädchen von vielleicht sieben oder acht Jahren. Masi glaubte noch nie ein so hübsches Kind gesehen zu haben. Es hatte ein weißes Kleid an mit Stickereien und ganz zarte Händchen und Arme, mit denen sie anfing den Mann, der neben ihr saß, zu streicheln. Dann bemerkte sie die Frau, die vor dem Fenster stand. Sie blieb ruhig sitzen, winkte aber und lächelte.

Am nächsten Tag ging sie wieder dorthin. Alles war dunkel und nichts zu sehen. Am Ende der Woche saßen der Mann und das Mädchen wieder zusammen und betrachteten neue Bilder. Aus dem Stereoapparat kam Musik. Das Mädchen bemerkte sie wieder; da stand der Mann auf und öffnete die Tür:
»Kommen Sie doch herein, haben Sie Lust, eine Tasse Tee mit uns zu trinken?«
Masi trat ein: »Bitte denken Sie nicht, daß ich neugierig bin oder daß ich stören will, aber dieser Raum ist so merkwürdig – wohnen Sie hier?«
»Nein«, sagte er. »Ich bin Lehrer in Celle, das ist eine kleine Stadt in der Heide. Ich komme ab und zu nach Hamburg und höre hier Musik und möchte das sehen, was mich interessiert.«
»Ist das Ihre Tochter?« fragte sie.
»Ja, das ist meine Tochter.«
Sie setzte sich neben das kleine Mädchen, das ihr die Hand gab und artig aufgestanden war und eine kleine Verbeugung machte. Sie war betroffen von der Zartheit und Schönheit des Kindes, den langen blonden Haaren, der weichen Haut und den großen blauen Augen, die von einem schmalen schwarzen Rand umschlossen waren, dazu die langen dunklen Wimpern.
»Wie reizend ist das Kind«, sagte sie. »Möchtest du verreisen?«
»Verreisen?« fragte das Kind.
»Ja, ich meine, möchtest du im Auto fahren oder möchtest du mit dem Flugzeug fliegen?«

Das Kind wußte nicht, was es antworten sollte, und sah auf den Vater.
»Ich habe eine Idee«, sagte Masi, »ich möchte so gern eine große Reise machen, vielleicht kommt Ihnen mein Vorschlag jetzt sonderbar vor. Wir könnten ja alles besprechen, und ich könnte Ihnen alles über mich erklären. Ich wohne hier in dem Hotel um die Ecke. Vielleicht könnte ich die Kleine mitnehmen. Das wäre eine große Freude für mich. Ich habe nämlich keine Kinder, aber ich mag Kinder sehr gern, und ich könnte alles bezahlen. Ich habe nämlich, ich meine, mein Vater hat ziemlich viel Geld.«
Sie lachte etwas gezwungen und verschämt, sie wußte nie genau, wie sie sich ausdrücken sollte, damit die Menschen sie verstehen konnten. Aber der Mann wunderte sich gar nicht. Er ließ unentwegt die Fotos weiterlaufen. »Das geht nicht«, sagte er. »Die Kleine hat Krebs im Hals, ich hole sie immer aus dem Krankenhaus ab und bringe sie dann abends wieder dorthin. Sie muß jeden Tag bestrahlt werden.«
Masi stand schnell wieder auf.
»Verzeihen Sie«, sagte sie, »verzeihen Sie bitte, daß ich hier hereingekommen bin. Bitte seien Sie mir nicht böse, bitte nicht.«

Am Morgen darauf wachte sie auf, als es noch dunkel war. Sie sah auf den Wecker, der auf dem Nachttisch lag, es war halb fünf. Sie rief die Garage an, den Wagen bereitzustellen, sie zog sich hastig an, ›fort‹, dachte sie, ›fort auf die Autobahn, irgendwohin‹. Sie war noch nie so früh im Hotel unten gewesen. Sie kannte den Nachtportier nicht, offensichtlich ein Ägypter, die große Halle war leer von Menschen, es war anders, als sie es kannte. Auf dem Weg zur Garage kam sie an dem Schreibzimmer vorbei, die Tür stand offen, sie sah hinein. Das Zimmer hatte grüne Vorhänge, die zugezogen waren, gleichfarbige grüne Tapeten, es brannte nur eine kleine Stehlampe mit einem dunkelgrünen Schirm: es sah aus, als ob der Raum von Wasser überflutet war oder gar nicht mehr zum Hotel gehörte, sondern unter dem Meer lag und von fremden Geschöpfen bewohnt wurde, die große Staubsauger in der Hand hatten und arbeiten wollten oder mußten und sich noch nicht dazu entschließen konnten. Es waren Jugoslawinnen, in weißen Kitteln, sieben Mädchen, jung, alle sehr schlank, sehr groß, mit langen schwarzen Haaren, die glatt herunterfielen. Sie sprachen mit wilden, verzweifelten Stimmen auf eine andere Kollegin

ein, die in einem Sessel saß, die Füße auf den Stabsauger gestellt hatte und im siebten oder achten Monat war. Man sah es deutlich. Ein merkwürdiger Augenblick, eine Szene wie aus einem Drama, das im Theater aufgeführt wurde, aber doch nicht hier, außerhalb des Theaters, am frühen Morgen im Hotel. Sie blieb stehen, die Mädchen verstummten sofort und sahen sie an.
»Entschuldigen Sie, als ich Sie hier sah, fiel mir ein Märchen ein, eine Geschichte von sieben weißen Schwänen, es waren aber verzauberte Mädchen, die erlöst werden wollten, ›küß mich und erlöse mich‹. Kennen Sie das Märchen auch?«
Masi lächelte, ›sprecht doch mal mit mir‹, dachte sie, ›ich bin genauso allein wie ihr‹, aber die Mädchen antworteten nichts, sie zogen die Staubsauger hinter sich her und verschwanden im Lift.

Sie kam an die Autobahn Frankfurt-Süd, dort war ein Restaurant. Sie parkte den Wagen und stieg aus, um einen Kaffee zu trinken. Es war nicht sehr voll. Zwei Mädchen standen hinter einer Kaffeemaschine, ein älterer Kellner brachte ihr einen Kaffee. Sie hatte sich an das Fenster gesetzt und drehte sich gleich wieder um, weil sie im Rücken das Gefühl hatte: Jemand beobachtet mich. Sie sah an einem Tisch schräg gegenüber, hinter der Kleiderablage, wo sie ihren Mantel hingehängt hatte, zwei Männer sitzen, die sich zu essen bestellt hatten und jetzt zu ihr herübersahen. Der eine kniff ein Auge zu und lachte sie an. Sie wußte nicht warum, aber sie lachte auch. Auf dem Tisch der beiden standen Gläser mit Bier, und auf den großen Tellern lagen Koteletts und Kartoffeln und darüber grüne Bohnen. Den beiden schien es zu schmecken. Sicherlich hatten sie Hunger. Sie steckten große Bissen in den Mund, tranken ihr Bier und waren guter Laune. Sie hatte sich wieder umgedreht, aber als sie ihren Kaffee umrühren wollte, sah sie, wie ihre Hand zitterte, sie fühlte ihre Knie zittern, ›laß das‹, dachte sie, ›laß das, was soll das‹.
Aber dieses Gefühl hielt an, hielt ununterbrochen an. Sie wollte aufstehen, blieb aber sitzen, sie öffnete ihre Tasche und wollte nach Zigaretten suchen, wußte aber genau, daß sie keine hatte, überlegte, ob sie welche bestellen sollte oder aufstehen, weil sie den Zigarettenautomaten am Büffet sah, stand aber nicht auf, sondern sah aus dem Fenster auf den Parkplatz und die Tankstelle, verschränkte ihre

Hände so fest ineinander, daß ihre Finger schmerzten, und dachte: Er sieht nett aus, aber nicht so, als ob er von mir etwas merken würde und ich könnte mich zusammennehmen und nichts merken lassen, vertuschen, verheimlichen, verschweigen. Eine Anzahl von Wörtern stand ihr plötzlich zur Verfügung, um vor sich selbst einen Zustand zu beschönigen, der herbeigeführt werden sollte, werden mußte – ein Ende, dachte sie, plötzlich ein Ende, küß mich und erlöse mich. Sie winkte dem Kellner.
»Schnell, bitte, ich möchte zahlen.«
Da standen die beiden Männer auch auf.
Sie nahm ihren Mantel, sie ging hinaus. Sie sah, wie sich der eine von dem anderen verabschiedete, der andere stellte sich neben seinen Lastwagen und wartete auf sie.
»Na«, sagte er, »kommst du mit?« Er machte die Tür zu dem Beifahrersitz auf, er half ihr hinaufzuklettern. Sie setzte sich auf das schwarze Lederpolster. Der Fahrer stieg ein, ließ den Wagen an, und sie fuhren die Ausfahrt hinaus – Richtung Köln.
Er hatte weiter nichts gesagt. Sie sagte auch nichts, lächelte, dumm, verlegen, und dachte: Warum lächle ich? Er nahm aus seiner Jacke ein Päckchen Gauloises, bot ihr auch eine an, gab ihr Feuer, und sie rauchte, was sie sonst selten tat.
»Wo kommst du denn her?« fragte er.
»Ach«, sagte sie und zuckte die Achseln, »ich glaube, von Hamburg.«
»Na«, sagte er, »weißt du das nicht genau?«
»Nein«, sagte sie, »nicht genau.«
»Wo willst du denn hin?«
»Ach, das weiß ich auch nicht genau...«
Er legte plötzlich den Arm um sie, sie hielt still und schob den Arm nicht weg.
Als sie in die Gegend von Montabaur kamen, verließ er die Autobahn.
»Warum fahren wir hier hinaus?«
»Ich wohne hier«, sagte er.
Sie fuhren durch die Stadt. Er parkte sein Auto auf einem großen Hof, der von einem hohen Gitter eingezäunt war, dann schloß er das Gitter, nachdem er den Lastwagen abgestellt hatte, und ging in einen Nebeneingang, wo über der Garage eine Wohnung mit einem Balkon war. Er ging vor ihr die Treppe hinauf und schloß auf. Und dann war alles

ganz einfach. Ein Mann und eine Frau im Bett. Es war so einfach und selbstverständlich, daß sie nicht mehr dazu kam, irgend etwas zu denken oder irgend etwas zu sagen. Nichts. Sie sprachen beide nicht viel. Er stand einmal auf und öffnete das Fenster. Sie sah hin, wie er am Fenster stand. Nachts wachte sie auf. Das Fenster hatte sich bewegt, er schlief. Aber er mußte ihre Bewegung gefühlt haben, er streckte den Arm aus und legte mit der anderen Hand vorsichtig ihren Kopf wieder zu sich heran – sie schlief wieder ein.

In Montabaur gibt es ein Schloß, dicht daneben ein Hotel. Sie bestellte sich ein Taxi, fuhr zurück nach Frankfurt und holte ihren Wagen, der vor dem Restaurant stand, wo sie ihn abgestellt hatte. Als sie ihn aufschloß und sich setzte, schien eine unendlich lange Zeit vergangen zu sein – es waren nur Stunden. Als sie wieder in Montabaur war, rief sie abends ihren Vater in Washington an. Er war glücklich, ihre Stimme zu hören, und sie war glücklich, ihn erreicht zu haben.
»Wie geht es dir, mein Liebling?«
»Gut, es geht mir sehr gut, wunderbar geht es mir.«
»Wenn du irgendeinen Wunsch hast...«
»Nein, danke, keinen Wunsch, nein, gar nichts.«
»Wann kommst du wieder?«
» Vielleicht... ich weiß noch nicht, vielleicht, David«, sagte sie, »du kannst dir nicht denken, wie gut es mir geht.«
Über die weite Entfernung riefen sie sich zärtliche Worte zu, sie lachten zusammen, er war so froh, ihre heitere Stimme zu hören.
»Ruf bald wieder an!«
»Ja«, sagte sie, »bald, bestimmt...«

Am nächsten Morgen ging sie früh in die Stadt, um einzukaufen, Obst und Wein und Zigaretten und Schokolade, eine ganze Tüte voll. Ich stelle ihm alles auf die Treppe und schreibe, daß ich hier im Hotel bin. Sie fand die Wohnung gleich wieder. Das Tor war offen, der Lastwagen war nicht da. Aber auf dem Balkon, der zu der Wohnung gehörte, saß eine Frau. Sie saß in der Sonne und trug nur einen kleinen Büstenhalter und zwischen den Beinen etwas von der gleichen Farbe. Ihr Busen war genau zu sehen. Die Beine hatte sie zu sich herangezogen. In den Händen hielt sie einen Strumpf, den sie mit den Fingern aufgerollt hatte. Masi sah dahin, und das, was sie selber schon unzählige Male gemacht hatte, erschien ihr wie etwas ganz Neues und Merkwürdiges. Die Frau rollte den Strumpf auf, blies unten in den Fuß hinein, ließ den Strumpf dann aus den Händen heraus, schüttelte ihn etwas und zog ihn dann über ihr ausgestrecktes Bein. Dann strich sie mehrere Male über das Bein, um den Strumpf glattzuziehen. Als sie sich bewegte, verschob sich der Slip, und zwischen ihren Schenkeln kam der Schein schwarzer Haare zum Vorschein. Die Tüte mit den Geschenken fiel auf die Erde. Masi bückte sich verwirrt, um die herausgefallenen Äpfel und Birnen wieder einzusammeln, dann ließ sie die Tüte stehen. Die Frau, die auf dem Balkon saß, sah, wie die Person, die eben noch dagewesen war, zwischen den anderen Leuten davonging.

Als sie nach Hamburg zurückkam, blieb sie tagelang auf ihrem Zimmer. Sie badete viel, sie wusch sich immer wieder und wärmte sich in dem heißen Wasser. Die Quantität der Schlaftabletten erhöhte sich, sonst blieb es, wie es gewesen war.
Einige Zeit später sprach sie einen der Manager des Hotels morgens in der Halle an.
»Wie geht es Ihnen?«
»Danke, sehr gut.«
»Ich möchte etwas mit Ihnen besprechen.«
»Ja, gern, geht es hier oder wollen wir in mein Büro?«
»Nein, danke, es geht auch hier, es dauert nicht lange. Wissen Sie, ich habe mir gedacht, ich könnte hier im Hotel etwas helfen...«
»Helfen«, sagte der Direktor, »wie meinen Sie das?« Er sah die junge Amerikanerin erstaunt, aber immer mit größter Höflichkeit an.
»Ja, wissen Sie, ich habe mir überlegt, ich würde mich gern ein bißchen beschäftigen und möchte ein bißchen fleißig sein. Ich kann natürlich nicht viel, aber ich hörte, daß Sie immer Angestellte suchen, und da habe ich mir gedacht...«
»Fein«, sagte der Direktor. »Fein, Miß Henderson, was haben Sie sich gedacht, wozu haben Sie Lust?«
»Ja, ich habe gehört, sie suchen Dekorateure.«
»Ja«, sagte der Direktor. »Aber das ist doch mehr eine Arbeit für Männer, es müssen Gardinen aufgehängt werden. Teppiche ausgelegt werden, das ist doch ein bißchen beschwerlich.«

»Ja, dann könnte ich vielleicht die Blumen in den Zimmern besorgen, was meinen Sie dazu?«

»Ja, das ist eine großartige Idee, die Blumen besorgen, jeden Tag frische Blumen.«

»Ich könnte alles in der Halle unten verschönern oder Gästen, die ankommen, einen Blumengruß auf das Zimmer stellen.«

Das würde ihr Freude machen, so würde die Zeit vergehen.

»Gut, ja gut.« Beide waren bester Laune.

Der Manager verbeugte sich: »Vielen Dank, es ist sehr liebenswürdig von Ihnen. Das Hotel wird sehr dankbar und glücklich sein, wenn Sie das machen wollen.«

Am Tag darauf stand sie schon früh auf, sie ging zum Hauptbahnhof und sah, wie dort kurz nach sieben Uhr die Blumenpakete für das Geschäft gebracht wurden, das ungefähr in der Mitte des Bahnhofs lag. Sie war dort oft vorbeigegangen. Es kamen Körbe mit Nelken aus Monte Carlo und Frankreich, Körbe aus Israel mit langstieligen Rosen, weiße und hellrote Rosen. Sie kaufte soviel Blumen ein, wie sie tragen konnte. Dann nahm sie ein Taxi und ließ sich ins Hotel fahren. Sie nickte dem Portier freundlich zu, der ihr mit ihren Blumen im Arm lächelnd, belustigt und freundlich nachsah. In ihrem Zimmer breitete sie alles aus, dann klingelte sie nach der Hausdame.

»Meine Liebe«, sagte Masi. »Ich brauche einige wunderschöne Vasen. Alle diese Blumen will ich in die Vasen setzen und stelle sie dann auf die Zimmer, damit ich Ihnen ein bißchen helfen kann, und mir macht es Freude.«

Die Hausdame schleppte Vasen herbei, soviel sie nur auftreiben konnte, und Masi fing an, die Blumen aus dem Papier zu wickeln, mit Grün zu verzieren und zusammenzustellen. Sie holte eine Nagelschere und schnitt die Stengel zurecht.

Dann verteilte sie sie in den einzelnen Zimmern, auf dem Schreibtisch, auf dem Nachttisch, vor den Spitzengardinen auf dem Fensterbrett. Die Blumen, die sie jeden Morgen kaufte und abholte, kosteten sie eine Menge Geld, aber das machte ja nichts. Sie tat es gern.

An einem Sonntagmorgen stand sie in einem großen Doppelzimmer, als hinter ihr die Tür aufgemacht wurde. Aber es war nicht der Kellner oder das Zimmermädchen, sondern eine Gruppe von Japanern kam in das Zimmer hinein und war verwundert, sie zu sehen. Sie hielt noch die Blumen in der Hand. Die Männer umstanden sie freundlich, lächelten, einige hatten noch ihre Flugtaschen umgehängt. Wahrscheinlich wollten sie ihre Freunde in das Zimmer hineinbegleiten, und Masi stand da und sah in all die höflichen, gelbhäutigen Gesichter und die schwarzen Augen mit den glänzenden, beweglichen, dunklen Augäpfeln. Sie sah aus dem Fenster hinaus, als könnte dort jemand Hilfe bringen, aber da war auch weiter nichts als Wasser, die Häuser und auf der anderen Seite die Stars and Stripes im Winde.

»Entschuldigen Sie«, sagte sie. »Entschuldigen Sie, bitte.«

Sie ging rückwärts hinaus, sie schloß die Tür, sie lief fast den Gang entlang.

Als sie ihr Zimmer aufschließen wollte, fiel ihr der Schlüssel aus der Hand, sie warf sich auf ihr Bett.

7

In der Nähe des Hamburger Hauptbahnhofs, nahe Lange Reihe, Koppel, St.-Georgs-Kirchhof, hatte Dr. Elsbeth Schiefels ihre Praxis, Sprechstunden von 10 bis 12 Uhr, 15 bis 18 Uhr, alle Kassen. Das Haus war alt, der Eingang war klein, die Treppe, die zu ihrer Praxis im ersten Stock führte, war schmal, und das Linoleum, mit dem sie belegt war, hatte große Flecken und Risse. Das dunkelbraune Holzgeländer neben den Stufen war fast ohne Farbe. Aber sie war nun schon daran gewöhnt, und von dem Gedanken, eine große, aufwendige Praxis zu haben in der Innenstadt, vielleicht am Neuen Wall, Jungfernstieg oder Mönckebergstraße, kam sie immer mehr ab. Wieviel Arbeit würde das machen. Jetzt war ihr ja schon fast alles zuviel. Abends, nach der Sprechstunde, saß sie stundenlang an ihrem Schreibtisch und ordnete die Krankenblätter und Krankenscheine ihrer Patienten. Wenn sie eine kleine Pause machte, schob sie die Gardinen am Fenster zurück, dann konnte sie die Lichtreklame in den Straßen sehen, die Passanten und Autofahrer. Es war ein bißchen Unterhaltung für sie, etwas Ablenkung. Ab und zu trank sie einen Schluck Wodka, das hatte sie sich so angewöhnt. Es belebte sie und machte wieder munter. Sie hätte sich auch neben dem Waschbecken auf einem kleinen Kocher Wasser heiß machen können für einen starken Kaffee oder Tee, aber wozu die Mühe. Dann hätte sie das Geschirr wieder abwaschen müssen, den Kaffeesatz wegschütten, der Inhalt des Mülleimers hätte sich vergrößert, sie hätte alles nach unten bringen müssen, den Mülleimer wieder unter dem heißen Wasser säubern, Pril rosé hineintun, ausspülen, nachspülen, viel zuviel Arbeit. Abends um sieben ging ihre Sprechstundenhilfe fort. »Adieu, Frau Doktor, das Licht mache ich hier aus.« Dann warf sie die Tür hinter sich ins Schloß, und sie sah dann, wie die fünfzigjährige Frau schwerfällig, in einem alten braunen Mantel, zu ihrer Straßenbahn ging. Nun war sie allein. Wenn sie hungrig war, überlegte sie, ob sie nicht die wenigen Schritte zum Lohmühlenkrankenhaus gehen sollte, sie hatte dort einige Patienten, die sich gefreut hätten, sie zu sehen, und auf der Station hätte sie etwas zu essen bekommen. Kartoffelbrei, deutsches Beefsteak, etwas Gemüse, eine Nachspeise mit Himbeersoße. Sie stellte sich den Geschmack der Himbeeren deutlich vor. Sie aß und roch das gern. Sie merkte, wie ihr der Speichel im Mund zusammenlief, trotzdem blieb sie meistens sitzen. Sie war einundvierzig Jahre, aber ihre Müdigkeit war abends so groß, daß sie unentwegt das Gähnen bekämpfen mußte und lieber blieb, wo sie war. Nachher in ihrer Wohnung, zwei Zimmer, Küche, Bad in der Adolfstraße, war sicher noch etwas im Eisschrank, Wurst und Käse, Joghurt mit Blaubeeren und der Rest einer frischen Ananas. Sie stellte sich das Radio an und begann, die Karteikarten für ihre Kranken auszufüllen. Nachmittags waren 28 Patienten dagewesen. Immer wieder öffnete sich die Tür zum Sprechzimmer. »Frau Doktor, also Frau Doktor, was ich Ihnen sagen muß.« Eine müde Frau und ein alter Mann waren als erste hereingekommen, kranke Leber, kranker Magen, kranke Därme, krankes Herz. Die Spritze aufgezogen, die Spritze wieder weggelegt, und der unendliche, rege Fluß der Hilfeflehenden, der Verzweifelten, der Traurigen, der Verlassenen, der Alleingelassenen, den ganzen Nachmittag, Tag für Tag.

Immer wieder versuchte sie, sich in den Zustand der Leute hineinzudenken. Sie suchte nach hilfreichen Worten, nach den Augenblicken, wo sie glaubte, etwas zu erreichen durch Aufmerksamkeit, durch Teilnahme, aber es schien ihr selten zu gelingen. Wahrscheinlich reichte ihre Empfindung gar nicht bis zu diesen Menschen, und deshalb wurde die Kraft, die sie zuerst für ihre anscheinend gut gemeinten Sätze aufgewendet hatte, auch immer schwächer und immer geringer. Der Fluß des Jammers und der Klagen ergoß sich über sie und rieselte unentwegt durch die Räume und wurde nur selten unterbrochen durch ein Lächeln, durch einen Augenblick des Mitdenkens und Mitfühlens. Sie horchte auf das Radio. Eine andere Stimme war zu hören und ein anderer Vortrag. Eine Kommunardin wollte sprechen – was war das man noch? Ach so, ja, eine Frau, die in Gemeinschaft lebte mit anderen Frauen und Männern. Sie setzte sich zurück und hörte genauer zu, weil die Stimme, die aus dem Radio kam, so jung und so rührend war und immer unterbrochen wurde von einem ge-

wissen Schnief, wenn die Sprecherin die Luft in der Nase hochzog aus Verlegenheit oder aus Scheu dem Mann gegenüber, der ihr mit dem Mikrofon so nahe stand und dem sie alles beantworten sollte.
»Ja, wie lange leben Sie denn schon hier, Fräulein Jansen?« Das war der Reporter, und jetzt wieder die junge Stimme, wie von einem Kind:
»Ja, wir leben hier jetzt acht Monate.«
»Und wieviel Personen sind Sie hier?«
»Vierzehn, acht Männer und sechs Frauen.«
»Und wie geht das?«
»Ganz gut, ja, es geht eigentlich ganz gut«, – Schnief – »zu Anfang hatten wir natürlich einige Schwierigkeiten«, – Schnief – »aber wir haben uns alle Mühe gegeben, die Schwierigkeiten zu überwinden«, – Schnief – »und jetzt geht es besser, ja es geht besser.«
»Und das ist ihr Kind? Wie alt ist der Junge?«
»Eineinhalb, ja, und er spielt hier immer so mit allen herum, und alle sorgen für ihn, ich kann morgens in die Druckerei gehen. Ich verdiene achtzehnhundert Mark, und der Junge braucht nicht in den Kindergarten, der wird hier versorgt.«
Dr. Schiefels stand auf und ging in ihrem Zimmer hin und her. Sie erinnerte sich, daß ihr Vater, Direktor eines Mädchengymnasiums in einem Vorort von Hamburg, genauso gesprochen hatte, wenn er verwirrt, erstaunt oder, von ihrer Mutter in eine Sackgasse der Empfindungen getrieben, nicht weiter wußte.
Als sie schon ihr Abitur hinter sich hatte, wollte sie abends mit einer Freundin ein Kabarett besuchen.
»Du willst in ein Kabarett?«
»Ja.«
»Wann ist denn das aus?«
»Ich weiß nicht, vielleicht um zehn oder halb elf.«
»So spät, dann sei wenigstens um elf Uhr zu Hause, pünktlich, hörst du, pünktlich um elf.«

Einen Hausschlüssel bekam sie nicht. Als sie an der Haustür läutete, war es halb zwei. Zuerst blieb alles still, sie wartete, dann läutete sie wieder. In dem Schlafzimmer ihrer Eltern ging das Licht an, dann im Zimmer ihres Bruders, den sie die Treppe herunterkommen hörte und der ihr aufschloß. Sie kam aber gar nicht dazu, etwas zu sagen, denn oben auf der Treppe, in dem hellen Licht, stand ihr Vater. Er war ein großer, schlanker, fast dünner Mann mit einem zu kleinen, runden Kopf, mit einem kleinen Hals und einem knochigen, spitzen Adamsapfel, der sich schnell und heftig auf und nieder bewegte. Unter seinem Nachthemd, das nur bis zu den Knien reichte, waren seine mageren Beine zu sehen. In der Hand hielt er den Ausklopfer, der sonst zum Reinigen des Treppenläufers benutzt wurde und oben auf dem Schrank neben dem Badezimmer lag.

»Komm hierher«, sagte er, und deutete mit dem Zeigefinger in die Nähe seiner Füße. Dann hörte sie die hysterische Stimme ihrer Mutter aus dem Schlafzimmer: »Schlag sie nicht, oh, Gott, schlag sie nicht.«

»Wo warst du?« fragte ihr Vater.

»Ich war mit Lilly weg.«

»Du lügst. Hat deine Freundin keine Eltern, die auf ihre Tochter aufpassen? Alles ist längst geschlossen, Mitternacht ist vorbei – wo warst du?«

»Du hast recht«, sagte sie und war auf ihren Vater zugegangen, bis sie direkt vor ihm stand. »Ich war gar nicht mit Lilly, ich habe einen Freund und war mit ihm zusammen.«

Er schlug sie, wo er hintraf, sie blieb ganz ruhig stehen und hielt alles aus. Die Haut seines Gesichtes war jetzt dunkelrot, ihre Mutter im Nebenzimmer weinte laut. Er schmiß den Klopfer fort und wankte in die offene Tür, sie hörte ihre Eltern klagen und schluchzen. Als sie auf ihrem Bett saß und ihre Strümpfe ausziehen wollte, dachte sie: Fabelhaft, ich habe eigentlich alles ziemlich fabelhaft ausgehalten. Wenn ich das immer kann, dann.. .

Da klingelte das Telefon.

»Dr. Schiefels.«

Es war der Portier des großen Hotels an der Alster.

»Wie schön, Frau Doktor, daß Sie noch da sind. Kommen Sie doch mal eben herüber, bitte, wir haben einen kranken Gast, eine Amerikanerin, kommen Sie doch bitte.«

Sie packte Spritzen und Tabletten in ihre Tasche, zog den Mantel an, knipste das Licht aus, schloß hinter sich ab, steckte den Schlüssel in die Manteltasche und ging die wenigen Schritte zu Fuß.

Der Portier brachte sie in den vierten Stock. Er klopfte an eine Zimmertür, es antwortete niemand. Sie gingen durch einen großen Salon, in dem kein Licht brannte und nur die Lichter von der Alster hereinschimmerten. Dann klopfte er vorsichtig an die nächste Tür. Keine Antwort. Sie gingen in das Zimmer hinein. Auf der Steppdecke lag eine junge, schöne Frau mit langen blonden Haaren und geschlossenen Augen.

Brief von Masi
an ihren Vater in Washington

Zum Wochenende war ich in Bonn. Der Botschafter hatte mich zu einem Gartenfest eingeladen. Viele Amerikaner. Ich bin früher nach Hamburg zurückgefahren als ich eigentlich wollte. Aber oft frage ich mich, was will ich hier überhaupt, was habe ich erwartet? Mehr als ich fand? Von uns sieht alles ganz anders aus, auch von Amerika aus. Aber es ist hier wie überall, nichts Besonderes, nichts Außerordentliches. In den Konzerten spielen fast nur Ausländer, in den Museen sind die gleichen Ausstellungen wie in Paris und London, und in den Theatern sind viele Plätze leer – und was soll ich dort, wenn nicht einmal die Deutschen hineingehen? Einige Tage ging es mir nicht so gut. Durch das Hotel wurde eine Ärztin bestellt, mit der ich mich jetzt bekannt gemacht habe. Ich glaube nicht, daß sie Dir gefallen würde. Aber ich bin ganz froh. Man kann nicht immer allein sein. Sie ist allerdings etwas neugierig. Sie möchte von Dir alles wissen, von Vincent. Aber selbst wenn ich ihr etwas sagen würde, wäre nach kurzer Zeit ihre Neugier kaum befriedigt, und sie fragt wieder etwas anderes. Das geht hier vielen Menschen so. Sie fragen, sie wollen etwas wissen, etwas hören, aber es dringt gar nicht in ihr Bewußtsein, weil es eben nur Fragen sind, kein Interesse, und das gibt dem Leben hier etwas so Unpersönliches, Desinteressiertes und sehr Unruhiges. Manchmal scheint mir, daß die Menschen etwas erwarten, was sie noch nicht direkt erfaßt haben, aber sie sprechen darüber in schnellen, hastigen, unausgesprochenen Sätzen, sehen mich dann an, was ich dazu meine, seufzen oder schütteln den Kopf und vergessen es wieder. Was erwarten sie, Risse und Spalten in der Erde oder Donnerschläge über sich, ein Gewitter?
Von allen, die mir bisher begegnet sind, wird mir nur ein kleines Mäd-

chen unvergeßlich sein. Ich sah sie ein- oder zweimal, sie ist schon tot. Sie saß in einem Sessel und hatte ihren Kopf an das Blumenmuster des Stuhls gelehnt. Die zarte Haut, der kleine rosige Mund. Ich hätte alles tun mögen, um ihr zu helfen, aber …

Masi las den Brief noch einmal durch, dann strich sie alles aus. ›Es wird David gar nicht interessieren.‹ Sie schrieb einen neuen Brief.

Lieber David,

ich war neulich ein bißchen krank, nicht schlimm. Vom Hotel wurde eine Ärztin bestellt, die Ärztin heißt Dr. Schiefels. Ich würde gern mit ihr nach Salzburg fahren, um die Tanten zu treffen.

Auch diesen Brief schickte sie nicht ab, statt dessen schrieb sie:

Liebster David,

gestern kam ein Telefonanruf von Luigi aus Rom. Ich konnte nicht alles verstehen, weil er fast nur noch italienisch sprach, er war ja schon beinahe zu Hause. Er war so glücklich und sagte mir noch Grüße von Dir. Du hättest ihn zum Flughafen gebracht.
Ich möchte gern die Tanten in Salzburg treffen, dann hörst Du wieder von mir.

Deine Masi

8

Luigi nahm das Schiff, das abends um halb 10 Uhr von Neapel nach Palermo fährt. Er hatte lange im Hafen gestanden und überlegt. Wollte er nicht lieber nach Messina oder Taormina fahren, von hier aus war alles möglich. Nein, es blieb bei Palermo. Es war der 15.Juli. Dieses war der Tag, an dem dort jedes Jahr der Montagneddo d'oro stattfand, das große Fest, wo geschmückte Wagen durch die Stadt gezogen wurden und wo oben, lächelnd und in kostbare Gewänder gekleidet, die heilige Rosalia thronte. Wie oft hatte er diesen Wagen früher als Junge mit gezogen. Scharen von Jungen waren jedes Jahr aus den Bergen heruntergekommen und liefen stundenlang zu Fuß oder ließen sich von Karren und Wagen mitnehmen, die alle nur ein Ziel hatten: das Fest von Palermo. Nein, dorthin wollte er. Morgen früh würde das Schiff dort sein.

Er ging in die Kajüte und bestellte sich einen Wein. Dann stand er wieder auf und lief ungeduldig hin und her, er suchte Bekannte, waren keine Freunde da? Niemand, mit dem er sprechen konnte, der bei ihm war, ihm die Hand auf die Schultern legte und ihn mit herzlichem Lachen umarmte: Zurück, Luigi, bist du zurück von Amerika? Aber er fand niemanden, den er kannte. Doch als das Schiff abfuhr und er die Schraube auf das Wasser schlagen hörte und die Maschinen in Bewegung kamen, hätte es nichts mehr auf der Welt gegeben, was seine Freude getrübt hätte. Das Meer, das Wasser, durchsichtig grün, hellgrün, ganz klar. Die großen, weiten Wogen. Als er sich umdrehte, blieben die Lichter von Neapel zurück, auf der Brücke standen Winkende und Abschiednehmende. Trotz der späten Stunde war es noch heiß und dazu der warme Wind, der jeden Abend um diese Zeit von Kalabrien herunterkommt, über dem Meer sich ausbreitet und bis an die Küste von Sizilien weht. Er schlief nicht. Er hatte gar kein Bedürfnis zu schlafen. Er war nicht müde. Er saß an Deck, er rauchte, hörte, wie die anderen Passagiere zusammen sprachen, die Stunden vergingen. Er erinnerte sich nicht, jemals in seinem Leben so ruhig, so still, so glücklich gewesen zu sein. Wie würde er alles zu Hause vorfinden? Nach über zwanzig Jahren? Seine Frau schrieb ganz selten. Es geht uns gut, hoffentlich dir auch. Das Geld ist gekommen. Ich habe einen Olivengarten gekauft. Gino arbeitet in der Autofabrik. Er erinnerte sich an alle ihre Briefe. Sie würde auch das aufbewahrt haben, was er geschrieben hatte, zu Hause würde er alles wiederfinden. Zu Hause. Als sie sich der Küste Siziliens näherten, wurde er unruhiger. Er stand auf, ging hin und her, die Nacht verschwand allmählich. Am Himmel waren Nebelfetzen zu sehen, dahinter tauchten Sterne auf, von bleicher Farbe. Er kannte einzelne Sternbilder, die Plejaden, den Orion. Im Morgendunst verschwand das wieder, und er dachte: Warum gehe ich eigentlich zurück, was will ich hier? Warum wollte er seine Frau wiedersehen, warum seine Kinder, vor denen er geflohen war? Was für eine lächerliche Reise. War er nur fortgegangen, um als alter Mann zurückzukommen? Wer würde nach ihm noch fragen? Seine Familie hatte bekommen, was sie sich gewünscht hatte. Was wollten sie sonst von ihm? Und in der Erinnerung, um die Schmerzen zu verscheuchen, die er gelitten hatte, als er fort mußte, dachte er: Was war das für ein Strauch, der an dem Haus von Henderson in Washington so hoch bis über das Dach hinaus gerankt war? Ihm fiel das Wort nicht ein. Er dachte nach. Er sah die langen, gefiederten Blätter vor sich, das helle Grün der Blätter und die langen weißen Büschel von Blüten mit dem zarten Duft. Es war ein großer, kräftiger Stamm gewesen. Wie hieß er noch, wie hieß er? Er kam nicht drauf. Aber er wußte, warum es ihm nicht einfiel. Er hatte nicht die Kraft, das Wort zu finden, denn in seinen Gedanken war im Augenblick nichts mehr als die Gewalt der grausamen Tage, mit denen sein Leben in der neuen Welt begann. Jetzt noch, nach so vielen Jahren, nie in seinem Leben würde er das Entsetzen und die Angst vergessen können, als er nach New York gekommen war. Mit einundzwanzig. Ein Sizilianer. Arm. Nichts besitzend, nichts. Diese furchtbare Stadt. Die großen Docks am Hafen, in denen er herumgeirrt war und nicht wußte, was kann ich tun, was kann ich arbeiten, wo kann ich Geld und Essen bekommen. Wer gibt ihm zu essen? Niemand. Nichts. Diese graue Morgenfrühe, wenn die Arbeit anfing, wenn sich alles in Bewegung setzte, diese kalten, frühen Morgenstunden, der Rauch, der aus den Schornsteinen der Schiffe aufstieg, der Nebel auf dem Wasser, auf dem kalten, schmutzigen Wasser, und der so lange liegenblieb und alles, was man anfaßte, mit einer schmutzigen, feuchten, eisigen Schicht bedeckte. Der ungeheure Betrieb, der dann losging, der Lärm, das Geschrei, die vielen Autos. Die Neger, die zum Ausladen kamen, zum Einladen, Araber, Schweden, Norweger, Deutsche und Sizilianer. Aber es gab nicht für alle Arbeit, und die große Wut der einen gegen die anderen. Was für Tage, was für Jahre, von denen nichts zurückblieb als das Gefühl einer unermeßlichen Verzweiflung, die nur gesteigert wurde durch ein noch stärkeres Empfinden von Wut und Haß, das er jetzt noch so heftig wieder empfand, daß er dachte: Ich muß mich festhalten, ich muß mich irgendwo festhalten. Er hielt sich an der Reling fest.

Schlimmer wurde es noch, als es kälter wurde und das Jahr zu Ende ging. Der Regen fing an, sich mit Schnee zu vermischen. Er fand kaum noch einen Platz, wo er nachts bleiben konnte. Er begann zu frieren, und wenn sein Zeug naß geworden war, wußte er nicht, wo er hingehen sollte, um sich wieder aufzuwärmen. Es gab ja auch nie eine Arbeit, die weiterlief für Tage, für Wochen, für Monate, wo er wissen konnte, jetzt tue ich dies, dann das. Es gab nur manchmal eine Beschäftigung, die sonst niemand Lust hatte zu machen. Die Dreckkübel aus den Schiffen wegtragen oder mit der Salvation Army herumlaufen und die Essenkübel tragen, die an die ausgeschenkt wurden, die sonst nichts anderes hatten. Aber in dieser Gegend gab es einen Club: Hilfe für die Einwanderer. Das waren zwölf Damen, die in einer alten Schule, die kaum noch benutzt wurde, den ersten Stock gemietet hatten, wöchentlich zusammenkamen, um zu beratschlagen, was sie an Hilfe leisten konnten. Sie wollten gern helfen. Es waren wohlhabende Frauen, um die fünfzig bis sechzig, auch noch ältere, teilweise Witwen oder geschieden oder ganz allein und besorgt, das Leben nicht so vorübergehen zu lassen.

An einem Nachmittag wurde ihm von einer dieser Damen eine Karte in die Hand gedrückt: Mrs. Hellen Summerskill, 96th Str., aber bevor er die Adresse weiterlesen konnte, legte sie die Hand auf seinen Arm und sagte: »Ich bringe Sie zu mir.« Er folgte ihr. Sie hatte einen Ford vor der Schule stehen, in den stieg er mit ihr ein. Dann hielten sie in

einer Gegend, wo lauter kleine, einzelne Häuser mit kleinen Vorgärten nebeneinander standen. Kleinere Häuser mit weißen Fensterrahmen und weißen Türen, Katzen saßen auf den Fensterbänken, Hunde liefen herum, und in den Vorgärten standen weiße Plastikschüsseln mit Astern in allen Farben. Mrs. Summerskill schloß auf, schloß sorgfältig wieder zu, hängte seine feuchte Jacke über einen Stuhl neben einen Gasofen und führte ihn in die Küche. Er wagte nicht, sich zu setzen, er blieb an die Wand gelehnt stehen. Ihm wurde fast übel von dem Essensgeruch. Es standen mehrere Töpfe auf dem Feuer, sie war wahrscheinlich nur fortgegangen, um ihren Gast abzuholen. Sie kochte irgend etwas mit Fleisch und Gemüse. In einer Pfanne waren Kartoffeln, in Scheiben geschnitten, wahrscheinlich wollte sie Kartoffeln dazu rösten. Zwiebeln lagen daneben und geschnittener Schinken in Streifen, von geräuchertem Schinken. Sie sah immer nur zu ihm hin, dann öffnete sie einen Vorhang, und man konnte in einen Raum hineinsehen, der anscheinend keine Fenster hatte, sondern direkt an die Küche angrenzte. In diesem Raum stand eine Chaiselongue, die ganz bedeckt war mit einer Decke aus Zebrafell. In der Mitte, wo die schwarzen und weißen Streifen zusammentreffen, hatte sie schon die Haare verloren.
Sie setzte sich und fing an, ihre Stiefel aufzuschnüren. Sie trug schwarze Lackstiefel, die bis über die Knie gingen. Sie schnürte alles mit einer ungeheuren Geschwindigkeit und Schnelligkeit auf, sie zog die Stiefel aus, stellte sie auch an den Gasofen und steckte ihre mageren, dünnen und knochigen Füße in rosa Pantoffeln, die unter dem Kanapee gestanden hatten. Er blieb immer noch ruhig an die Wand gelehnt stehen. Sie machte eine Lampe an, die in diesem Raum hing, es war eine Lampe aus dunkelroten Glasperlen und schwarzen Holzperlenschnüren. Es schien nur eine matte Birne darin zu sein, es wurde gar nicht heller, als es vorher gewesen war.
»Bist du Italiener?« fragte sie.
»Nein, ich bin aus Sizilien.«
»So«, sagte sie, »interessant.«
Sie hatte eine hohe helle Stimme, wie ein freundlicher Papagei. Sie sah überhaupt wie ein Vogel aus. Sie hatte einen schmalen Kopf, und das Haar auf dem Kopf war teils weiß, teils grau, teils gelb, aber es war schon durchlässig. Man sah den Schädel, einen schmalen Vogelschä-

del. Dann die Hakennase, die aufgerissenen runden Augen und der dicke Mund, angemalt mit einem dunkelroten Lippenstift. Sie ging zum Eisschrank und holte ein großes Stück Fleisch heraus, ein Beefsteak.

»Na«, sagte sie, »was meinst du?« Sie tat Butter in eine Pfanne, streute Salz und Pfeffer darüber und stellte die Flamme ganz klein. Dann zog sie sich weiter aus. Einen grünen Pullover, und dann hatte sie noch einen karierten Rock an. Wie sie so vor ihm stand, die gelbe Haut, das alte schmale Gesicht, die langen, dünnen Arme:

»Das schöne Fleisch, sieh das schöne Fleisch! Bist du dankbar, mein Kleiner?«

Sie flüsterte etwas, er verstand es nicht. Als alles vorbei war, lag sie auf der Decke wie ein altes Wischtuch, das in einem dreckigen Eimer liegengeblieben war, nachdem man den Boden aufgewischt hatte. Sie war eingeschlafen. Der Mund stand ihr offen. Er füllte sich das Essen auf einen Teller, jetzt esse ich, ich muß jetzt essen. Er aß das Fleisch, alles, was da war, nahm seine trockene Jacke und schmiß die Tür hinter sich ins Schloß. Er ging nie wieder dorthin.

Hinter den Bergen Siziliens erschien ein roter Streifen. Der ganze Himmel wurde rot, die Sonne ging auf. Gegen halb neun waren sie in Palermo. Das Schiff legte an. Wie hatte sich der Hafen verändert, wie anders sah die Stadt aus. Aber es war Palermo, und in den Straßen, die zum Hafen führten, wo der Umzug gestern vorbeigezogen war, lag noch alles voll Blumen, Berge von zertretenen Blumen und buntem Papier. Er fragte nach einem Reisebüro. Vor dem Büro stand ein Bus, das war der Autobus nach Enna. Er setzte sich sofort hinein, der Bus füllte sich, Leute vom Land, die nach dem Fest zurückfahren wollten, und Touristen. Der Wagen war übervoll, als er abfuhr. Seine Nachbarn schwatzten, lachten, tranken Wein, aßen Brot und Wurst. Die heiße Julisonne strahlte durch die Scheiben, er fing an zu schwitzen, er zog das Hemd aus, er war diese Wärme gar nicht mehr gewöhnt. Am späten Nachmittag kamen sie in Enna an. Er suchte ein Restaurant und aß etwas. Dann stieg er in der Stadt die vielen Treppen hinauf, die von der Kirche Santa Maria abgingen, und kam in den Nordosten auf einen flachen Hügel, einen Platz, den er noch genau kannte. Die Säulen standen da, die weißen Marmorbänke, die Reste eines zusammengestürzten Tempels. Er setzte sich. Niemand außer ihm war da, nur die blühenden Büsche ringsum, Hibiskus, Oleander und das silberglänzende Laub der Oliven. Rocca di Cerere hieß es hier, der Felsen der Ceres. Er schloß die Augen, legte sich auf die Bank und schlief ein. Als er aufwachte, war es später Nachmittag, die Sonne stand auf der entgegengesetzten Seite. Enna lag unter dem Dunst, den die Hitze des Sommertages noch festhielt. Er nahm den kleinen Koffer, den er hatte, und trug ihn nicht mehr in der Hand wie bisher, sondern setzte ihn sich auf die Schultern, wie er früher alles getragen hatte, schob den Hut in den Nacken und ging los.

Als er aus Enna heraus war, versuchte er, die Feldwege wiederzufinden, an die er sich noch erinnerte. Hier mußte er von der Straße abbiegen und durch den Eichenwald an einer Hütte vorbei. Er blieb einen Augenblick stehen, die Hütte war zusammengefallen. Gut, weiter. Und dann konnte er das Dorf sehen, das er suchte: Cibetta. Ein kleines Dorf oben am Berg, von vielen Schluchten und Felsen umgeben, und nur an einer Seite, am Südhang, bot sich eine gute Möglichkeit hinaufzukommen. Er dachte, in einer halben Stunde, in einer Stunde vielleicht, kann ich sicher zu Hause sein. An einer Ecke des Wegs, an einer Kreuzung, wo der Weg aus den Bergen und die Straße aus der Ebene zusammentreffen, stand ein Gasthaus. Er ging hinein, er war durstig. Als er die Tür geöffnet hatte, kam er in eine Stube, die auf einen Garten hinausging, das Gras wuchs fast bis in den Raum hinein, der einen dunklen Holzfußboden und eine dunkle Holzdecke hatte, die sich gegen die weiß gekalkte Mauer scharf abhoben. In der Stube war es warm, und ein guter Geruch von Wein und Fleisch war zu schmekken, aber es war niemand da. Er setzte sich hin und nahm von dem Brot, das auf dem Tisch lag, und fing an zu essen.
Es kam noch immer niemand. Das ganze Haus war still, auch alles still ringsumher. Da sah er neben einer Tür, die wahrscheinlich nach oben führte, neben einem Bord voller Weinflaschen und Gläsern, eine Frau stehen. Eine große Frau mit schwarzen, aufgesteckten Haaren. Sie hatte kleine goldene Ringe in den Ohren, eine hohe weiße Stirn unter den Haaren, schmale, schwingende Augenbrauen, große, dunkle, ruhige Augen, die ihn ruhig ansahen. Die schmale weiße Nase und der rosige Mund. Sie trug ein dunkelblaues Kleid aus einem

derben Stoff, das mit einem weißen Muster, lauter weißen Punkten, bedruckt war. Sie hatte den Arm auf das Bord mit den Flaschen gelegt, die andere Hand hob sie jetzt und strich die Haare, die ihr heruntergefallen waren, aus der Stirn.

Als sie sich so ansahen, begann er zu lächeln und sagte: »Wein, bitte.« Die Frau nahm eine Flasche und ein Glas und stellte es hin. Aber sie brachte es ihm nicht an den Tisch, sie blieb stehen, wo sie war. Ich werde es holen, dachte er. Ich werde den Wein trinken, und in einer Stunde bin ich zu Hause. Er stand auf, aber er griff nicht nach dem Wein, als er vor ihr stand. Er ging nur näher auf sie zu und legte den Kopf an ihre Schulter. Sie ließ seine Hand nicht los, und mit einer kleinen, kaum spürbaren Bewegung schob sie ihre Schuhe zur Seite und stellte ihre nackten Füße auf seine Schuhe. Jetzt war sie ebenso groß wie er. Sie gingen eine Treppe hinauf, ihr Bett stand in einem Zimmer, das auf einen Teil des Gartens hinausging. Die Fenster waren weit geöffnet. Die Zweige eines Obstbaumes schlugen bis an die Fensterwand. Das weiße Bettzeug sah davon fast grün aus. Die ganze Zeit war von keinem Menschen draußen oder im Haus oder auf der Straße etwas zu hören. Sie flüsterten leise miteinander. Sie sagten zärtliche Worte, sie hielten sich an den Händen. Er lag in ihrem Arm, sie hatte ihre schwarzen Haare aufgelöst und wischte damit über sein feuchtes Gesicht. Dann stand sie leise wieder auf, nahm ihre Kleider vom Stuhl und zog sich langsam, immer mit dem Blick in seine Augen, an und schloß die Tür hinter sich. Als er auch aufgestanden war und das Haus verließ, sah er sie nicht mehr.

Draußen war es dunkel, aber er kannte den Weg genau. Von oben, von dem Dorf, wohin er wollte, waren schon Lichter zu sehen. Er ging ziemlich schnell, der Koffer war nicht schwer, außerdem hatte er jetzt ein solches Gefühl von Leichtigkeit in sich, wie ein Tänzer, der schwerelos, mühelos vorankommt. Dann hörte er Lärm. Von oben schien ein Auto zu kommen. Er hörte Schreie und Gelächter, das Auto schien anzuhalten. Man hörte nur den laufenden Motor, dann wieder Geschrei, und dann kam das Auto um die Ecke. Er stand mitten im Weg, der innerhalb einer Schlucht herunterführte. Es war kaum möglich, hier aneinander vorbeizukommen.

Er blieb stehen und winkte und hatte Lust, in das Geschrei derer, die da vom Berg herunterkamen, mit einzustimmen. Er war in der gleichen guten Laune wie die jungen Leute, die im Auto saßen und warteten, daß sie vorbeikamen. Einer saß am Steuer, ein anderer neben ihm, der dritte stand hinten im Auto und schrie:

»Geh aus dem Weg.«

»Ich kann nicht«, sagte er, »du siehst doch, ich kann nicht.«

»Geh aus dem Weg«, schrie der Junge und verstummte. In Sekunden wußte er, wer ihm gegenüberstand. Endlich, dachte er, jetzt, jetzt endlich...

Das Auto hielt plötzlich, sie hatten scharf gebremst.

Die beiden vorderen fielen vornüber, aber der Junge hinten stand noch immer aufrecht.

»Geh doch aus dem Weg«, schrie er.

Die anderen lachten.

»Du siehst doch, ich kann nicht«, sagte Luigi. »Es geht nicht.« Er versuchte die Böschung hinaufzusteigen, es war schwierig. Er versuchte sich an dem Gras hochzuziehen, doch da griff der Junge, der hinten im Wagen stand, nach einem Stein, schob ihn zu sich heran und warf ihn auf den Mann gegenüber. Die beiden anderen rührten sich nicht. Sie sagten auch nichts, sie starrten nur auf den Mann, der sich vor ihnen befand und gar nicht wehrte. Dann sprang der älteste aus dem Auto heraus und beugte sich über den Mann, der im Sand lag. »Fahr zu«, schrie er den Jungen am Steuer an, »fahr doch zu.« Und als der zögerte, setzte er sich selber nach vorn, und der Mann, der in den Sand gefallen war, hörte, wie der Wagen sich entfernte. Dann war nichts mehr zu hören. Er versuchte, seine Hand zu bewegen und in seine Tasche zu greifen, ›ich habe ein Tuch, und damit wisch ich mir jetzt das Blut aus dem Gesicht und dann stehe ich auf und dann... Aber er konnte den Arm nicht mehr bewegen und hatte dann auch keine Lust mehr dazu, kein Verlangen, keine Lust mehr, das Tuch zu suchen und das Gesicht abzuwischen. Er lag da und tat nichts mehr. Auch in seinem Kopf war kein Wille mehr, kein Wunsch nach irgend etwas, nichts mehr. Er war nur müde. Dann dachte er noch: ›Jetzt weiß ich, wie der Strauch an dem Haus von Henderson hieß, der Strauch mit den langen weißen Blüten. Es waren Glyzinien.‹

9

Gino stand nachts, da war es drei Uhr, leise auf. Er hatte nicht geschlafen. Er horchte und wartete unbeweglich auf etwas, das sich ereignen würde. Aber zur Straße hin blieb alles ruhig, und im ganzen Umkreis war nichts zu hören. Ein Auto, das vorbeifuhr, aber nicht anhielt. Dann kam der Mond in sein Fenster, so daß das Zimmer ganz hell wurde, hellgelbes, silberweißes, milchiges Licht, auch draußen war alles zu sehen. Er stand auf und versuchte so leise zu sein, wie es irgend ging. Er nahm sein Hemd, band die Hose mit dem braunen Lederriemen fest und schlich sich die Treppe hinunter. Doch bevor er an der Haustür war, hatte seine Mutter ihn gehört.

»Gino?«

»Ja, was willst du?«

»Gehst du fort?«

»Nein, nichts.«

Er öffnete die Tür zum Schlafzimmer seiner Eltern, in dem seine Mutter fast zwanzig Jahre allein geschlafen hatte. Sie lag in dem großen, mit frischem Leinen bezogenen Bett, sie hatte eine Spitzenbluse an und die Haare sauber aufgesteckt. In dem Haar steckten blaue Schleifchen. Sie richtete sich halb auf, bedacht, in der Decke keine Falten zu machen und ihre Bluse nicht in Unordnung zu bringen.

»Wie lange das dauert, bis er kommt, muß ich denn nun noch bis morgen früh warten?«

Er zuckte nur die Schultern, bemühte sich, die Tür leise zu schließen, und ging auf die Straße. Die Olivenbäume im Garten schaukelten mit ihren schmalen Blättern hin und her. Er wartete, aber nirgendwo rührte sich etwas. Alles war ruhig, alle schliefen. Als er das Dorf hinter sich hatte, fing er an zu laufen. Er lief, nicht weil er es eilig hatte, sondern weil ihn etwas zum Laufen zwang. Er brauchte Bewegung, die warme Luft bedrängte ihn, der Geruch von Gras, die vielen Gräser, die Blumen, die wunderbare Nacht. Als er seinem Ziel näher kam,

schlich er sich hinter ein Gebüsch, um sich zu verstecken, weil er Lichter sah und ein Auto der Polizei. Außer den Polizisten standen einige Leute herum, die Männer rauchten, die Frauen hielten ihre Arme unter ihren Tüchern verborgen. Der Tote lag neben dem Auto – der tote Vater. Er war mit einer Decke zugedeckt. Einer der Polizisten hob die Decke hoch, um zu zeigen, wer der Tote war. Aber alle schüttelten den Kopf, niemand wußte etwas, niemand kannte den Mann. Die Leiche wurde in den Wagen gehoben. Es gab nichts mehr zu sehen. Er drehte sich um und lief zurück und wollte seinen Bruder holen. Er stellte sich unter das Fenster, Sandro war sofort da.
»Sei leise«, sagte er, »sei leise, komm schnell.«
Sein Bruder sprang aus dem Fenster.
»Wir müssen weg, wir müssen sofort weg, die Polizei hat ihn schon gefunden.«
Sandro stieß einen Laut des Erschreckens, des Entsetzens und der Angst aus.
»Wo sollen wir hin?«
»Sei ruhig, komm mit mir, sei leise, komm.«
Er fing an zu laufen, sein Bruder hinter ihm her. Sie trabten zusammen in der Nacht vorwärts, unentwegt vorwärts. Ihr Herz klopfte, sie versuchten schneller zu laufen. Hinter ihnen verdunkelte sich der Mond immer mehr, und im Osten wurde es heller.
Als sie die Straße nach Cefalù erreicht hatten, sahen sie einen Gemüsewagen, auf den sie hinten aufsprangen und bis kurz vor die Stadt mitfuhren. Dort liefen sie ziellos durch die Straßen, Sandro wollte in eine Kirche gehen, Gino blieb draußen. Wozu sollte er dort hineingehen. Als sein Bruder wieder herauskam, hatte er ein verweintes Gesicht und versuchte unentwegt, seine Tränen fortzuwischen.
»Laß uns zurückgehen, wo sollen wir hin, sie werden uns finden.«
Gino sah ihn voll Verachtung an.
»Zurück«, schrie er, »wozu willst du zurück?«
Er trat auf seinen Bruder zu und tat etwas, was er noch nie getan hatte. Er küßte ihn und preßte ihn fest an sich.
»Komm mit, du mußt mit mir kommen.«
Dann drehte er sich kurz um und schlug die Richtung zum Hafen ein. Der Kleine lief wieder hinter ihm her.

So weit waren sie bisher noch nie gekommen. Vor ihnen lag das Meer und der Hafen voller Boote, eins neben dem anderen, in allen Farben, die dunklen Fischerboote, die Boote für die Touristen und die großen weißen Motorboote. Auf einem dieser Boote saß ein junger Mann in einem roten Pullover, einer kurzen blauen Hose und kurzlockigen Haaren. Er sprach die beiden Jungens an, die herumstanden und ihre Bemerkungen über das Schiff machten.
»Wo kommt ihr her?«
Gino machte eine Bewegung und zeigte hinter sich.
»Von den Bergen«, sagte er.
»Ihr könnt mal kommen, ich zeig euch alles.«
Eine Holzplanke ging vom Boot auf den Steg, auf dem sie standen. Die Jungens sprangen über die Planke und waren auf dem Schiff.
»Ich bin Mario, ich komme von Ischia. Kennt ihr Ischia?«
»Nein, Ischia kennen wir nicht.«
»Das Boot gehört einem Rechtsanwalt in Rom, den hab' ich hierher gebracht. Jetzt fahre ich wieder zurück.«
»Bist du hier allein?«
»Nein, es sind noch zwei dabei, auch aus Ischia, der Maschinist und der Steuermann. Sie sind jetzt nur drüben und essen etwas.«
»Und du ißt nichts?«
»Nein, ich hab' keinen Hunger, es ist so warm, ich trinke lieber, Wein aus Ischia, den haben wir mitgebracht. Der ist besser als der sizilianische, der ist viel zu süß. Ihr könnt auch trinken.«
Sie setzten sich zu ihm, Mario brachte eine Flasche, und sie tranken zusammen daraus. Das Boot schaukelte in der Dünung leise auf und ab, es war gemütlich.
»Ich gehe zur amerikanischen Marine«, sagte Mario, »dies ist die letzte Fahrt. Immer zwischen den Inseln hin- und herzufahren, von Rom hierher und nach Rom zurück, das ist zum Sterben langweilig.«
»Und wie ist das bei der amerikanischen Marine?«
»Na, die Marine hat doch riesige Schiffe, die Flugzeugträger. Stell dir doch nur die Flugzeugträger vor, man kann immer auf dem Wasser sein, überall.«
Er setzte die Weinflasche wieder an den Mund.
Gino sagte: »Nimm uns doch mit nach Rom.«
»Was wollt ihr denn da?«

»Nichts, nur nach Rom.«
Gino hatte alle Angst überwunden. Ihm gefiel es, auf diesem Schiff zu sitzen, Wein zu trinken am Vormittag.
»Nimmst du uns mit? Nimm uns mit nach Rom!«
Mario lachte: »Vielleicht, aber wir müssen die beiden anderen fragen, wenn sie kommen.«

Die beiden kamen am Nachmittag. Es war ein älterer Steuermann und der Maschinist war ungefähr gleich alt, aber sie waren nett, freundlich, sie zogen die Planke fort, holten den Anker herauf und kamen langsam und sicher aus dem Hafen heraus. Und dann lag das Meer vor ihnen. Das Tyrrhenische Meer, mit großen, weichen Wogen, unabsehbar. Hinter dem Schiff lief eine Wasserspur, die die Wellen zerteilte, bis sie sich wieder zusammenschlossen. Man hörte die leisen Geräusche der Maschine, über ihnen der blaue Himmel, nichts sonst. Als es dämmerte, kamen sie bei den Liparischen Inseln vorbei. Einer der Krater stieß unentwegt eine glühende Lavamasse aus als feurige rote Spur, die den Krater hinunterfloß, bis sie im Wasser eintauchte. Die beiden Jungen erschraken. Unaufhörlich sprühte der Berg das Feuer in die Nacht. Es schien, als ob es bis zum Himmel aufsteigen wollte.
Die Leute von der Insel Ischia lachten.
»Ein guter Leuchtturm«, sagten sie. »Das ist weit zu sehen.«
Die Lichter am Schiff links und rechts wurden angezündet, immer weiter, Sizilien blieb zurück, weiter in die helle Nacht hinein mit den tausend Sternen am Himmel.

In der Morgenfrühe kamen sie in die Nähe der Pontinischen Inseln. Vögel waren zu sehen, Schwalben, und der Duft von Blumen wehte ihnen entgegen, Duft von Rosen und Ginster. Ein starker Geruch, der mit der aufsteigenden Sonne immer intensiver wurde. Die verschiedenen Inseln dieser Gruppe traten deutlich hervor, und dazwischen lag die Einfahrt in den Hafen von Ponza. Je näher sie kamen, um so mehr Boote sahen sie. Boote mit vielen Menschen, Ruderboote, Segeljachten in allen Größen, alle lagen hier vor Anker. Von den einheimischen Fischern wurden Lebensmittel herangebracht, hauptsächlich

Fische, Hummer in großen Körben, die mit Wasser gefüllt waren und in denen die Fische noch lebten. Alles geschah unter großem Geschrei und Gelärm und Gelächter. Als sie vorsichtig in den Hafen hineinfuhren, hörten sie, was los war. Die Boote wollten alle zum Festland nach San Felice, dort würde am Abend ein großes Fest sein, Odysseus würde über das Meer kommen, Odysseus würde nach San Felice kommen. Odysseus, wer war Odysseus? Einige wußten es, andere nicht, aber jeder sprach davon. Für ihn wird das Fest gegeben, er kommt über das Meer. Sie aßen in Ponza und scherzten mit den vielen übrigen Leuten, die da waren und auf die gemeinsame Abfahrt warteten. Mario hatte Lust, mit nach San Felice zu fahren. Er mußte zwar einige Überredungskünste anwenden, um seine älteren Gefährten mitzulocken, aber schließlich waren sie auch bereit; ob sie nun einen Tag früher oder später nach Hause kommen würden, das war doch gleichgültig. Nach San Felice würden es ungefähr drei Stunden sein. Mit den anderen fuhren sie im Schwarm der aufbrechenden Boote, mit Musik, die Boote mit Blumen beladen, dem Festland entgegen.

Als sie ausgelaufen waren, setzte sich das größte und schönste Boot schnell an die Spitze. Eine große Segeljacht, von Motoren getrieben, die jetzt zusätzlich Segel gesetzt hatte. Blaue und rote Segel, die an den leichten Leinen zerrten und sich im Wind blähten. Aus der Kajüte kam ein Mann heraus, groß, braun gebrannt, mit einem starken, ebenmäßigen Körper und einem kühnen und stolzen Gesicht. Er setzte sich an Deck unter einen weißen Sonnenschirm, von dem weiße Straußenfedern herabhingen, die die Sicht auf diesen Mann verdeckten und dann wieder freigaben, vom Winde bewegt. Die Insassen aller Boote starrten fasziniert wieder und wieder dorthin und machten ihre Bemerkungen, teils bewundernd, teils spöttisch. Jetzt traten zwei andere Männer zu ihm, mit kleinen Koffern in der Hand. Der eine stellte sich links, der andere rechts auf, sie öffneten ihre Koffer, breiteten Tücher aus, der eine nahm Bürste und Kamm hervor und fing an, die Haare dieser Erscheinung zu bürsten. Der andere fing an, in dem Gesicht herumzumalen. Er hatte einen Spiegel in der Hand, in den ab und zu hineingesehen wurde. Dann wurde der Spiegel beiseite gelegt, der Fürst saß ganz still, ließ alles mit sich geschehen, und die beiden anderen flanierten und tänzelten um ihn herum.

»Er wird geschminkt«, sagte Mario. »Jetzt wird er geschminkt. Es ist Mastroianni, ich habe ihn einmal im Film gesehen.«
»Nein«, sagte der Steuermann, »es ist Reggiani, Serge Reggiani, ich habe über ihn gelesen.«
Sie standen an der Reling und tauschten ihre Beobachtungen aus.
»Wer ist Odysseus?« fragte Sandro.
»Ein griechischer König, vor tausend Jahren.«
Das wußte der Steuermann. »Er hatte eine Geliebte hier in der Nähe, dort fährt er jetzt noch einmal hin.« Die anderen schwiegen. Jetzt wurde Odysseus eine Zigarette gereicht, sie wurde ihm zwischen die Lippen gesteckt, er rührte sich überhaupt nicht, die Zigarette wurde ihm angezündet, etwas Rauch schwebte aus seinem Mund in der blauen Luft davon.

10

Eos, die Morgenröte, erhob sich in safranroten Gewändern, das heißt, der Himmel war am frühen Morgen von einem Rot überzogen, so leuchtend, daß es alle Dinge auf der Erde für Augenblicke mit einer wilden und aufrührerischen Transparenz erfüllte. Wenn auch nur Sekunden oder Minuten, die Farbe war so eindringlich, so ungewöhnlich, daß sie nur kurze Zeit dauern durfte oder verweilen konnte, sonst wären Ausnahmen berechtigt gewesen, die später nicht mehr verständlich und die Entschuldigungen für außergewöhnliche Handlungen nicht akzeptabel. Aber diese verwegene Ausnahme hörte auch wieder auf, war vorbei, milderte sich, minderte sich, der Himmel wurde grauer, gelber, bis der Normalzustand wiederhergestellt war. Die Überhitzung des Empfindens kühlte sich ab, man erschrak nicht mehr vor den roten Fluten des Himmels, die eben noch gewogt hatten, sondern kehrte zu normalen Temperaturen zurück. Man brauchte das Frühstück nicht mehr hinauszuschieben, man konnte seinen Kaffee trinken, die Brötchen schneiden, das Marmeladenglas öffnen, man konnte das Fenster verlassen und brauchte nicht mehr dazustehen, aufgeschreckt und betroffen, mit aufgerecktem Hals zum Himmel starrend. Jetzt konnte man sich drehen und denken, was stehe ich denn da, wozu, es ist ja gar nichts mehr zu sehen, es ist wie gestern oder vorgestern. Aber noch während die Zeitung gelesen wurde, bei den Mitteilungen über die Wirtschaft, über die Börse, hielt man ein im Lesen, stand auf und wartete auf Wiederholung, weil man sich einbildete, ohne diesen Akt des roten Überflutens und Überschäumens nichts mehr wichtig oder notwendig zu finden. Aber es war vorbei, es war wie immer.

Masi und Dr. Schiefels waren auf der Fahrt nach Salzburg. Sie kannten beide diese Strecke nicht. Teils meinten sie, sieht es wie Postkarten aus, teils wie ein zusammenhängender Park, auch wieder außer-

ordentlich, als der Wilde Kaiser von Tirol auftauchte, vielfältig gezackt, davor der Inn. Kurz vor Rosenheim stoppte Masi den Wagen plötzlich.
»Insbruck«, sagte sie, »da steht Innsbruck.«
»Ja, warum, wir wollen doch gar nicht dorthin.«
»Wie ist das möglich, es gibt eine Stadt, die Innsbruck heißt. Darauf war ich gar nicht gefaßt. Meine Mutter kommt nämlich aus Innsbruck.«
»Ach, lebt denn Ihre Mutter noch?«
»Ja, meine Eltern waren nur getrennt, meine Mutter lebt in Schottland, in Edinburgh.«
Dann fuhren sie über eine Brücke und verließen die Autobahn. Dr. Schiefels hätte gern etwas mehr gefragt. Sie ärgerte sich, daß sie immer nur so kurze Mitteilungen erhielt. Aber sie wollte auch nicht aufdringlich oder neugierig erscheinen, obgleich sie schon die Lust verspürte, zu telefonieren, wenn sie zurückgekommen waren: ›Denken Sie mal, das hab' ich gar nicht gewußt, die Mutter von der Amerikanerin, Sie wissen doch, ich habe es Ihnen doch erzählt...‹ Wie wundervoll wäre es gewesen, solche Geschichten weiterzuerzählen, die auch die meisten Menschen gern hörten, aber trotzdem wagte sie jetzt nicht, weitere Fragen zu stellen.
Ihre Patienten breiteten alles freiwillig gern vor ihr aus. Manche waren geradezu besessen davon, jedes Familiengeheimnis zu erörtern und zu durchforschen, das war hier nicht der Fall. Dr. Schiefels wurde durstig, es war sehr warm.
»Was meinen Sie, Masi, könnten wir nicht irgendwo etwas trinken oder essen?«
Sie fuhren auf einer Straße weiter, die in die Berge führte, über einen kleinen Fluß voller Steine, es ging zwischen Wiesen und Wäldern bergauf. An der Seitenwand eines Bauernhauses, die zur Straße hinzeigte, entdeckten sie über den Fenstern in die Wand eingelassen zwei große runde Porzellanteller, auf dem einen lagen gelbe Zitronen mit grünen Blättern, auf dem anderen ein Bündel blauer, gemalter Weintrauben. Ein alter Mann arbeitete im Garten daneben.
»Was bedeutet das?« fragten sie.
Der Mann sah nur kurz auf: »Das Süße und Bittere. Die Teller waren schon immer da an der Wand.«

»Wie alt ist denn das Haus?«
Er zeigte auf eine Zahl, die im Holzbalken eingeschnitzt war: 1615. Mehr zu sagen, hatte er anscheinend keine Lust mehr, er drehte sich um, und als sie weiterfuhren, ging die Straße in einer Biegung stark bergab, und vor ihnen lag ein großer See. Dr. Schiefels fuhr mit dem Finger über die Karte, die sie über ihre Knie gelegt hatte, und deutete auf einen großen blauen Fleck: »Das muß der Chiemsee sein.«
»Das muß der Chiemsee sein.«
Kurz nach der Biegung kam ein Hang mit Obstbäumen, und an dem Hang in der Sonne nach Süden lag ein großes Bauernhaus mit viel braunem Holz und aufgeschichtetem Holz an den Wänden. Von hier übersah man den ganzen See mit den Inseln, den Segelbooten und Kirchen, Wäldern und Weiden am Ufer. Die beiden stiegen aus und parkten den Wagen unter einem Gebüsch von Ebereschen, vielleicht gab es in dem Haus etwas zu trinken. Aber es war niemand zu sehen, nur eine Frau lag auf einer Bank und hatte die Arme unter den Kopf gelegt und schien zu schlafen. Sie wollten sich schon umdrehen, als sie angesprochen wurden:
»Was möchten Sie bitte?«
»Wir wollten nur mal die Aussicht sehen und irgendwo einen Kaffee trinken, wir kommen von München, dort sind wir heute früh weggefahren.«
»Zu trinken bekommen Sie hier überall, am See unten sind viele Gasthäuser.«
Die Frau blieb auf der Bank liegen, sagte auch nichts, als die beiden nicht gingen, sondern stehenblieben und sich setzten. Sie sahen hierhin, dorthin, dann sahen sie wieder auf die Frau.
»Waren Sie schon in Amerika?«
»Nein.«
»Ich habe Sie gesehen, bestimmt, es war in New York, in einer Vorstellung von ›Faust‹, ein Gastspiel aus Hamburg, waren Sie dabei?«
»Nein.«
»Aber ich erinnere mich genau, ich hatte ein Programmheft lange aufbewahrt. Ist es möglich, daß ein Bild von Ihnen dabei war?«
»Richtig, ich spielte in der Aufführung eine Rolle, Marthe Schwertlein, konnte aber nicht mit nach Amerika kommen, weil ich krank wurde. Aber Sie haben recht, das Bild war im Programmheft nicht

ausgetauscht worden, ich bin Schauspielerin, Flickenschildt heiße ich.«
Die Reaktion der beiden Damen war: Lächeln, Erstaunen und eine gewisse Verwirrung, die oft auftritt, wenn man plötzlich Menschen gegenübersitzt, von denen man weiß, daß sie sich verkleiden, daß sie sich schminken, daß sie vorgeben, andere zu sein, als die sie sind. Wie kann man sich für zwei oder drei Stunden aus dem Ablauf alles übrigen entfernen, sich mit Kostümen und Gewändern behängen, die einem nicht gehören, um etwas vorzutäuschen, durch Dichterworte zu belegen und Situationen und Zustände verständlich machen wollen, die meist außerhalb jeder verständlichen Begriffe liegen? Diese Bemühungen des Hinüberziehenwollens, des Hereinlockens in Abenteuer, das ist schon sonderbar.
Und nun saß ihnen so jemand in einem blauen Kleid aus Baumwolle gegenüber und fragte, ob sie einen Tee haben möchten oder ein Tonicwasser.
»Nein, nein, doch keine Umstände, auf keinen Fall, so eine interessante Begegnung, keine Unterbrechung der Ruhe bitte.«
»Ja«, sagte die Schauspielerin, »ich habe geschlafen, ich war müde. Wir stehen immer sehr früh auf. Aber ich hole Ihnen jetzt etwas, bleiben Sie bitte sitzen.«
Sie ging ins Haus und kam mit einer Weinflasche zurück, einem Tablett mit Gläsern und einer Schüssel voll frischer grüner Walnüsse.
»Frische Walnüsse, mögen Sie das?«
Sie schenkte Wein ein, der schnell und gut zu trinken war. Dr. Schiefels machte auch gleich die Nüsse auf, zog die Haut herunter und aß den süßen weißen Kern.
»Wie lange wohnen Sie hier schon? Ich hab' doch gelesen, daß Sie umgezogen sind.«
»Ja, hier bin ich noch nicht so lange.«
»Sind Sie hier allein?« Dr. Schiefels sah sich um, es war niemand zu entdecken.
»Nein, allein bin ich hier nicht, und verheiratet bin ich auch nicht, wenn Sie das meinen. Das ging nicht, ich war zu eifersüchtig.«
Sie lachte, trank Wein, zündete sich eine Zigarette an, die sie aus der Tasche einer alten Jacke herauszog, die sie vorher als Kopfkissen benutzt hatte. Sie sah Dr. Schiefels an, die sich vorgebeugt hatte, um

ihr zuzuhören, und während sie dachte: ›Die andere ist eine Frau? Nein, ein Mädchen, die hat überhaupt noch nicht viel gesagt, da kommen die beiden so einfach hierher, vorbei, aus München haben sie gesagt, eine Ärztin, also gut‹, und während sie das dachte, sprach sie schon weiter:

»Es lag auch an dem Mann, wissen Sie, als ob eine Straßenbahn an die Oberleitung stößt und es knistert andauernd, aber unsere Berufe waren zu verschieden. Er flog in der Welt herum und sorgte für Wohlstand am Eismeer und in der Wüste, und ich blieb in einer Stadt am Theater, und wenn andere abends ausgehen und sich amüsieren, mußte ich spielen. Aber gerade das war es, was ihn beunruhigte, dieses Leben am Theater, diese Tür, die ihm verschlossen war. Gerade das beunruhigte ihn unentwegt. Nun, wir waren wieder einige Wochen getrennt gewesen und begegneten uns dann wieder wie zwei…«

Sie machte eine Pause, als ob sie nach einem Vergleich oder einer genauen Beschreibung suchen würde, schüttelte aber den Kopf:

»Nein, ich wollte sagen: Liebe, wir liebten uns. Was wollte ich überhaupt, ach so, ich weiß schon, nach der schrecklichen Trennung verbrachten wir die ganze Zeit zusammen, sprachen, aßen, tranken, schliefen, gingen spazieren, und da trafen wir eine Dame und ihre Tochter, ein Mädchen von sechs Jahren. Ich hatte sie zuerst gar nicht gesehen, aber eine Bewegung von ihm fiel mir auf, und da sah ich auch hin.

›Kennst du sie?‹

›Nein.‹

Aber die Dame kam zu uns, und ich wurde auch bekannt gemacht. Sie wohnte in der Nähe, und wir gingen mit, und ich genoß es, weil ich merkte, da wird irgend etwas daraus, und das kleine Mädchen ging neben mir und erzählte und hatte Schlangenlocken wie die Mutter, genauso dunkelbraune Haare und diese langen Locken, die eine Nacht lang aufgewickelt werden, und morgens werden sie ausgebürstet und hängen lang herunter. Kennen Sie diese Frisur?«

»Nein.«

»Also, wir gingen zu der Wohnung, alles sehr hübsch, elegant, und die Dame zeigte die Wohnung. Ich hatte sie gar nicht darum gebeten. Sie öffnete eine Tür nach der anderen, daß Eßzimmer, die Küche, das Bad, das Spielzimmer für das kleine Mädchen, die Bibliothek, das

Schlafzimmer, und die beiden neben mir sahen sich an, ganz kurz nur, eine Sekunde. Ich ärgerte mich, daß ich das gesehen hatte, warum gerade das, ich hätte nicht hinsehen sollen. Als wir wieder draußen waren, fragte ich: ›Du warst mit ihr in diesem Schlafzimmer?‹
›Nein.‹
Er log ununterbrochen, er gab es nie zu. Die Wahrheit, nichts als die Warheit, sag die Wahrheit. Aber es ging nicht. Er brachte es nicht fertig, auf keine Weise. Sie rief dann selber einmal an und erzählte alles. Wie Frauen das so machen. Sie wollen sich einmischen, dazugehören oder zerstören, je nachdem, ich habe das oft erlebt, es ist, als ob sie es nicht aushalten können, wenn eine andere Frau irgend etwas hat, was sie nicht haben, Erfolg oder Ruhm oder wie man das immer nennt, dann wollen sie wenigstens, daß der, der dazugehört... dann wollen sie wenigstens das bekommen, und meistens bekommen sie es. Fast immer.«
Sie hatte ihre Zigarette aufgeraucht und goß sich ihr Glas wieder voll, zog die Beine näher heran, um bequemer sitzen zu können.
»Was für ein Vergnügen, in der Sonne zu sitzen, nichts sonst, so dasitzen und nachdenken. Sagen Sie bitte noch einmal, wie Sie heißen.«
»Masi.«
»Ach so, ich hatte es nicht genau verstanden. Ich wüßte für Sie eine wunderbare Rolle, die Ophelia in ›Hamlet‹. Sie sehen genauso aus, wie ich mir das immer vorgestellt habe.«
»Aber Ophelia wird eingegraben, schnell und in Eile, ein trostloses Begräbnis.«
»Ja, doch Hamlet springt in ihr Grab und sagt, wie sehr er sie liebt. ›Vierzigtausend Brüder liebten dich nicht so, wie ich dich liebe.‹ Haben Sie auch einen Bruder?«
Masi lächelte: »Ja, Vincent, er arbeitet in Genf als Physiker.«
»Merkwürdig, von den neuen Theaterstücken kenne ich kein einziges, das solches Übermaß der Gefühle noch auszusprechen wagt, ›vierzigtausend Brüder‹, das sagt heute doch niemand mehr.«
»Sagen Sie«, fragte die Ärztin, »hier sind doch wenige Häuser und alles ganz ländlich, langweilen Sie sich da nicht oft?«
»Langeweile, nein. Vorgestern bin ich erst aus Rom zurückgekommen. Ich wollte einen Maler besuchen. Giorgio Chirico. Er hatte ein Bild gemalt, Selbstbildnis mit Minerva. Er selbst am Rande des Rah-

mens und daneben ein weißer Marmorkopf, Minerva, die Haare bedeckt mit einem griechischen Helm. Der Ausdruck seines Gesichts. Stolz, überheblich, abweisend und doch horchend. Worauf horchte er? Ich fragte in Rom, wo ich ihn treffen könnte. Aber er lebt anscheinend sehr zurückgezogen. Ich brachte dann doch heraus, wo ich ihn morgens in der Frühe sehen könnte. Es gibt ein Restaurant in Rom, ›Dal Bolognese‹. Nebenan ist ein kleines Café, dort saß er. Genauso wie ich ihn mir vorgestellt hatte. Sehr groß, in einem sehr großen schwarzen Mantel bis auf die Füße, ein großer schwarzer Hut, der das Gesicht fast zudeckte, und ein dunkelroter Seidenschal. Ich setzte mich so, daß ich an dem Tisch nebenan warten konnte, er hatte eine Zeitung, aber er las gar nicht, sondern sah auf die noch fast leere Straße und auf die Sprengwagen, die vorüberfuhren. Ich sagte, ›Sie haben ein wunderschönes Bild gemalt, Selbstbildnis der Minerva. Warum Minerva? Eine Göttin, von der niemand mehr spricht.‹ Er antwortete: ›Sie sagt mir alles.‹
Er sagte es genauso, wie ich ihn gefragt hatte, nicht ganz beiläufig, aber auch nicht so sehr betont, so wie in einer Unterhaltung. ›Sagten Sie nicht, Sie haben Kopfschmerzen?‹ ›Ja, vorhin, aber sie sind vorbei.‹ So ungefähr, aber zu gleicher Zeit doch auch mit anderer Betonung, stolz, abweisend, horchend:
›Meine einzige Gefährtin, eines Tages war sie da, ich erkannte sie sofort. Sie sagt mir alles.‹ Das sagte er.«
Dr. Schiefels schlug die Beine übereinander.
An diesen Dingen war sie nicht interessiert. Du lieber Gott, wozu, eine tote Griechin, eine Göttin, Gedankengebilde, die sich doch längst aus den Köpfen der Menschen entfernt hatten – sollte das jetzt wieder auftauchen und von neuem mit Leben erfüllt werden, oder sich danach drängen, wieder im Bewußtsein lebendig zu werden, oder war es immer dagewesen, wenn auch unbemerkt, war es nur eine Zeitlang fort, zu fremden Völkern, die sie noch ehren, hinweggegangen?
Das hatte irgendein Dichter gesagt. Wer war es gewesen: Eichendorff – nein, Hölderlin – richtig, der, aber sie war im Augenblick an etwas ganz anderem interessiert. Sie verließ dies verschwommene Feld, das aus dem Nebel auftauchen wollte:
» Sagen Sie, haben Sie gelitten, ich meine, war es schwer, sich von dem Mann zu trennen, von dem Sie sprachen?«

Masi erschrak und drehte den Kopf.
»Sehen Sie doch«, sagte sie schnell, »der See ist jetzt schon ganz dunkel.«
Ziege, dachte die Schauspielerin, kleine neugierige Ziege! Eines Tages wirst du Gras fressen, aber für dich erzähl ich es sowieso nicht.
»Ja«, sagte sie, »wie kann es einfach gewesen sein, ich sagte ja: Liebe. Und ich merkte zuerst auch gar nichts, es gibt so viele Möglichkeiten, über Freuden oder Schmerzen hinwegzudenken, sie gar nicht herankommen zu lassen bis an das Bewußtsein. Man kann so viele Wände davorschieben, wie man will oder Lust hat. Ich fühlte auch gar nichts, wochenlang nicht. Ich tat, als ob nichts war, auch nachts nicht, Lächeln, Heiterkeit, Umarmungen – ja, das vielleicht etwas schmerzhafter, empfindsamer oder auch grenzenloser als sonst. Was ist dir, was hast du? Nichts.
Es war zuerst nicht zu fühlen, wie sich ein feiner Bohrer, die tiefe Nadel einer bösen Maschinerie, ganz langsam vorwärts bewegte, bis sie genau – unhörbar und lautlos – den Punkt erreicht hatte, der erreicht werden mußte, und der Augenblick gekommen war, von dem aus sich alles änderte.«
Dr. Schiefels Lächeln war genüßlich, genußvoll, sie zündete sich eine neue Zigarette an, sie schloß die Augen – in ihren Gedanken tauchte ein Regierungsrat auf, verheiratet natürlich, die weichen schwarzen Haare und die vielen Haare auf den Armen – genußvoll in der Erinnerung, aber kurze Zeit später kam aus ihrem Mund ein kleiner hoher Laut, ein Triller, der sich tremolierend wiederholte. Sie war eingeschlafen und schnarchte.
Die beiden Frauen lächelten.
Masi wechselte lautlos ihren Platz und rückte näher an die Schauspielerin. Sie flüsterte:
»Bitte, wozu, warum fuhren Sie nach Rom, was wollten Sie hören?«
»Ich bin nicht leichtgläubig, wissen Sie, in der Woche vorher war ich in Amsterdam, um einen Maler zu treffen, der ein Bild gemalt hatte: ›Mann mit Fisch‹. Das war an einem Dienstag als ich dort hinfuhr. Am Tag davor, am Montag, stand ich in meiner Küche und hatte eine Schürze umgebunden und knüpfte die Bänder zusammen und wollte eine Creme machen für meinen Besuch, ein Ehepaar, Bekannte, die ich am Tag vorher von der Bahn geholt hatte. Ich kannte das Rezept für

die Creme nicht genau und mußte es immer wieder lesen: ›Nehmen Sie sechs Eier, verrühren Sie sie mit hundert Gramm Zucker, nehmen Sie das Innere von zwei Stangen Vanille und den Saft von sechs Orangen.‹

Aber ich schweifte immer wieder ab und kam nicht voran. Immer wieder fiel mir ein, wie ich auf dem Bahnhof gewartet hatte, auf den Zug aus München, um diese Bekannten abzuholen. Der Zug hatte Verspätung. Ich ging in den Warteraum, es war dort nicht sehr hell, eine blonde Kellnerin am Büffet und Bauern und Schüler. Ich setzte mich neben zwei Frauen an einen Tisch.

Sie trugen Salzburger Lodencapes, eine Ältere und eine Jüngere. Sie sprachen ganz ruhig, mit großen Pausen, anscheinend von einer Verwandten, ganz ohne Leidenschaft, sahen dabei durch das Fenster auf das Bahngleis hinaus und blieben immer in der gleichen Haltung.

›I mog des net‹, sagte die Ältere, ›sie kennt alle Preise auswendig von den Sonderangeboten bei der Edeka, i mog des net.‹

Dann saßen beide wieder ruhig, und ich erkannte die Jüngere mit ihrem stillen, unbeirrbaren Gesicht, eine Schriftstellerin, sie schrieb Theaterstücke. Und jetzt saß sie so da.

›Sag's noch a mol‹, fing die Ältere an, ›was war denn das, was du im Rundfunk gesagt hast, die Geschichte mit den Stimmen, des dat mi interessiern?‹

›Ja‹, sagte die Jüngere, sie hatte eine zarte, hohe Stimme, wie ein Kind aus den Bergen in der Schule, ›da sitz ich und schreib, und dann kommen wieder diese Stimmen und sagen: Paß auf! Hör zu! Wer Ohren hat zu hören, der höre!‹ ›Und zu sehen ist nichts!‹

›Na, nichts, vielleicht die Augen oder eine Hand, die Auferstehung des Fleisches, aber alles ganz langsam – verstehst du?‹

Pause. – Die Ältere:

›Einbildungen!‹

›Ja‹, und jetzt bekam das Gesicht der anderen einen leichten, fast verschmitzten Ausdruck. ›aber wenn die Einbildungen net warn, glaubst net, des is doch die einzige Möglichkeit, an die Ewigkeit heranzukommen, was sind wir sonst, Blut und Staub!‹

Die Ältere hielt den Mund auf, als schnappte sie bei dem Wort ›Ewigkeit‹ nach etwas Köstlichem, da läutete die Glocke vom Bahngleis, und der Zug fuhr ein, der Zug nach Wien.«

»Mehr«, sagte Masi, »bitte mehr, ich verstehe, was Sie meinen, und in Amsterdam, weshalb waren Sie dort?«
»Ja, ich war also am Dienstagabend abgefahren, und morgens gegen zehn Uhr ging ich in der Calverstraat spazieren, ich ging auf der rechten Seite der Straße, ab und zu die Geschäfte betrachtend, ab und zu stehenbleibend und den Menschen zusehend, die auf dieser oder auf der anderen Seite vorbeigingen.
Eine Frau ist unter den Fußgängern, eine junge kleine Frau, dunkelbraune Haare, hinten am Kopf hat sie sie mit einer Schleife zusammengebunden. Sie trägt ein blaues Kostüm mit einer langen Jacke, mit aufgesteppten Taschen und einen sehr kurzen Rock, blau und weiß kariert. Sie hat eine Handtasche in der Hand aus hellgelbem Leder. Sie sieht aus wie eine junge Frau, die Einkäufe machen will, aber irgendwie ist sie auch wieder anders, zögernder, unentschlossener, den Kopf hin- und herdrehend. Vor einer großen Spiegelscheibe bleibt sie stehen, weil sie bemerkt hat, daß ein Mann auch stehenbleibt und sie beobachtet. Sie wendet vorsichtig den Kopf in die Richtung, wo der Mann ist, sie sieht nur flüchtig zu ihm hin, dann wieder in die Spiegelscheibe – sieht, daß der Mann näher kommt, dann dreht sie sich noch einmal zu ihm um, lächelt, ganz wenig. Der Mann kommt näher, und ohne daß die beiden sich weiter ansehen, sprechen sie einige Worte miteinander. Da biegt die Frau nach links, der Mann folgt ihr. Sie gehen zusammen in ein Haus und verschwinden.
Später traf ich den Maler in seinem Atelier. Vor ihm stand ein Bild mit Blumen, wunderbare, große, wilde Blumen, fast noch schöner, als Nolde sie gemacht hat, aber ähnlich.
Ich sagte: ›Seien Sie nicht böse, daß ich einfach so hereingekommen bin. Als ich Ihr Bild sah: Mann mit Fisch, da dachte ich mir, ich möchte Sie besuchen und Sie fragen, warum Sie den großen Fisch auf Ihre Knie gelegt haben und warum der Fisch fast dasselbe Gesicht hat wie Sie selbst. Das wollte ich Sie fragen.‹
Der Maler schaute auf die Tür. Die junge Frau, die vorher auf der Calverstraat gewesen war, kam herein. Außer ihrer Ledertasche hatte sie jetzt noch eine Plastiktüte in der Hand, in der einige Äpfel waren. Sie zog ihre Jacke aus und hatte darunter eine dunkelblaue Bluse mit kleinen weißen Tupfen. Sie nahm die Manschettenknöpfe aus den Manschetten der Bluse heraus, zwei runde goldene Münzen, legte die

Knöpfe auf den Küchentisch, dann in eine Schublade, nahm die Äpfel aus der Tüte, trat mit dem Fuß gegen eine Tür des Küchenschrankes, sie sprang auf, sie schmiß die Tüte in den Abfalleimer, setzte sich an den Tisch und fing an, die Äpfel zu schälen. Der Mann hatte nicht gesprochen, als die Frau hereinkam – und die Frau hatte auch nichts gesagt.

Ich sagte: ›Warum ist es ein Fisch, sagen Sie mir das?‹

›Sie wissen doch, sie können sich verwandeln in jede Gestalt, die Sie möchten, und ein Fisch fällt hier am wenigsten auf. Wie soll mein Freund sonst kommen? Es geht hier nur so, durch das viele Wasser, Fische sind ja allen bekannt. Er ist nur einer unter ihnen.‹

›Ja‹, sagte ich, ›vielleicht darf ich noch ein anderes Mal wiederkommen?‹

›Der Fisch ist mein Freund‹, sagte der Maler, ›mein einziger Freund. Ich kenne ihn schon lange. Wir schwimmen nebeneinander her. Er kommt sofort, wenn er sieht, daß ich da bin. Er beobachtet mich und wartet, bis ich in das Wasser gehe, dann kommt er.‹

Die Frau lachte.

Er sah nur kurz auf und sagte: ›Nutte!‹

Die Frau blieb regungslos, in ihrem Gesicht veränderte sich gar nichts, und schälte weiter Äpfel.

›Beim erstenmal‹, sagte der Maler, ›sprach der Fisch zu mir: Paß auf! Hör zu! Leydsche Plein Nr. 14. Geh hin, da ist sie, geh gleich! Wahrhaftig, sie war da, nicht allein, ein Hotel, ich kannte es vorher nicht.‹

Die Frau lehnte sich auf ihrem Stuhl zurück, das Messer hielt sie noch immer in der Hand. Sie lachte wieder, aber anders als vorher.

›Niemand hat hier deinen Fisch gesehen‹, sagte sie und tippte immer wieder an ihre Stirn, ›du bist doch ein Idiot, ein Idiot bist du!‹

Der Mann blieb ruhig.

›Woher wüßte ich es sonst, jetzt weiß ich alles, jeden Tag, was du tust, wenn du fortgehst, er sieht dich, weil er versteht, daß ich hier bleiben und meine Blumen malen muß – er weiß alles und sagt es mir!‹

Die Frau schmiß ihm das Messer an den Kopf, dann die Äpfel. Er stieß sie nur mit dem Fuß auf die Seite.

Ich war aufgestanden und schloß schnell die Tür hinter mir.«

»Interessant, was für interessante Menschen, und wegen dieser Geschichte fahren Sie nach Holland?«

Masi fuhr auf, als Dr. Schiefels lachte.
»Kommen Sie doch, Masi, es wird Zeit, kommen Sie doch endlich, wir wollen essen gehen!«
Masi, gehorsam wie sie war, stand auf.
Der Abschied war kurz. Sollte man sich die Hand geben, sich bedanken, ja, sie bedankten sich. Was sollte man noch sagen, alles ging kurz, schnell, es war weiter nichts gewesen.
Als die beiden Frauen die Straße hinunterfuhren und dem See näher kamen, trat Masi scharf auf die Bremse, hielt plötzlich an und sagte: »Wir wollen noch einmal umkehren.«
Die Ärztin hellwach: »Weshalb, warum?«
Masi nahm den Fuß von der Bremse, legte den Gang wieder ein. »Gut«, sagte sie, »fahren wir weiter.«
Sie fanden ein Hotel, bekamen zwei Zimmer zum See, doch die Ufer waren kaum noch zu erkennen. Es war dämmrig geworden.
In der Mitte schien eine Insel zu sein. Man sah einen runden Kirchturm und ein Schloß. Man hörte das Wasser gegen die Strandmauer plätschern.
Masi stand in ihrem Zimmer, nahm ein kleines schwarzes Kleid aus dem Koffer, duschte, kämmte die feucht gewordenen Haare, und als sie dastand, den Arm hochgehoben, um das Kleid überzuziehen, sah sie im Spiegel ihr Gesicht, die Hand, den ausgestreckten Arm, die schmalen Hände, die weißen Finger – in dieser Gebärde blieb sie, als erwarte sie etwas, etwas Entscheidendes, oder als warte sie, daß etwas geschehen würde. Aber sie hörte dann nur Schritte und die Stimme auf dem Gang vor der Tür. »Masilein, sind Sie fertig?«
Sie antwortete nicht.
Fisch, dachte die Ärztin, mein Fischlein, mein Goldfisch, du schwimmst mir doch nicht davon?
Sie klopfte stärker.
»Ja«, sagte Masi, »ich komme!«

Als die Besucherinnen gegangen waren, räumte die Schauspielerin die Gläser und Teller zusammen und sah einen Augenblick in die Ebene hinunter, in der schon Lichter zu erkennen waren; die Abendröte hatte sich in ein helles, zartes Rosa verwandelt und verblaßte ganz.

Ich will hineingehen, dachte sie, ich will etwas tun. Es wird Zeit. Aber sie war müde, unlustig und ärgerte sich über sich selbst, wie töricht, mit diesen Frauen sich so lange aufzuhalten und ihnen soviel von sich zu erzählen. Was blieb davon, nichts.
Und dann eine Bewegung in der bewegungslosen Luft, ein Laut, ganz behutsam, zaghaft, Vogelpfiff, ein einziger Vogel, oder wie wenn ein Kind sehr vorsichtig versucht, eine Tür zu öffnen oder wenigstens durch einen Spalt hindurchzusehen, dann wieder Stille und dann die Stimme.
Höre, du weißt, wer ich bin.
»Ja. Du bist Ceres. Die Beschützerin der Wälder und Weiden. Für dich standen Tempel in Kleinasien, in Griechenland und Italien, bis nach Sizilien. Warum bist du hier?«
Der Platz gefällt mir. Und ich brauche Freunde. Und brauche Freude. Pflanz ein Beet mit Hyazinthen für mich. Ich liebe den Duft so sehr.
»Welche Farben?«
Weiß. Blau. Ein helles Rot.
»Ich mach es gleich morgen.«
Danke. Bis bald. Gute Nacht.
»Gute Nacht.«

Als sich Masi und Dr. Schiefels am nächsten Morgen in der Halle des Hotels trafen, war es schon ziemlich spät. Sie hatten eigentlich noch über den See fahren wollen, um das Schloß auf der Insel im See zu besichtigen, aber dazu war nun keine Zeit mehr. Masi sagte auch nicht, ob sie gut geschlafen hatte, ob sie schlecht geschlafen hatte, nur schnell ins Auto, der Koffer wurde gebracht, wo ist die Rechnung, die Rechnung wurde bezahlt und dann von Prien aus die gerade Strecke auf die Autobahn. Als sie in Salzburg ankamen, war herrliches Sommerwetter. Es war ein bißchen schwierig, sich in der Stadt zurechtzufinden und die Garage des Hotels zu suchen, wo sie den Wagen unterstellen konnten. Sie gingen auf ihre Zimmer, die nebeneinander lagen und deren Fenster zur Salzach hinausgingen. Einen Augenblick standen sie auf den Balkons und sahen zur Festung hinüber und zum Dom, hohe Bauten am anderen Ufer des Flusses. Aber alles ging in Eile. Sie zogen sich um und gingen zum Essen hinunter – hoffentlich würden die Tanten nicht schon warten. Doch, sie warteten schon.

Drei Damen saßen auf der Terrasse im Schatten von großen, blühenden Kastanien. Der Tisch war gedeckt, der Oberkellner stand daneben, hielt die Karte in der Hand, verbeugte sich mehrere Male. Zwei andere Kellner standen etwas dahinter, und diese drei Österreicher starrten unentwegt auf die drei Damen aus Amerika. Ihr Staunen und ihre Begeisterung waren ihnen so deutlich anzumerken, daß es fast zum Lachen war. Dann kam Masi und Dr. Schiefels, und dann saßen die fünf am Tisch und wollten etwas essen.

Masi hatte ihre Tanten umarmt. Sie hörte die Geschichten, die ihr altvertraut waren.

Neue Geschichten kamen dazu. Sie befand sich plötzlich wieder in einer vertrauten Umgebung. Sie war selig, glücklich, ihre Wangen glühten, sie fing an zu lachen, lachte über die kleinsten Kleinigkeiten, und Dr. Schiefels saß dabei, wurde kaum angesprochen, wurde auch nichts gefragt und saß still da, und ihr anfängliches Erstaunen steigerte sich immer weiter, bis zu einem fast nicht mehr beschreibbaren Verwundern. Diese drei Frauen aus Amerika schienen ihr wie Gestalten aus einem Märchen, aus Sagenzeiten, aus anderen Tagen der Menschheit. Ihr innerer Zustand verwirrte sich immer mehr. Solche Frauen hatte sie noch nie gesehen und noch niemals mit solchen Frauen am Tisch gesessen.

Es waren alle drei schlanke, große Gestalten. Die Älteste vielleicht Ende Sechzig, die beiden anderen vielleicht Ende Fünfzig, obgleich man nichts Genaues sagen konnte, weil sie alle so aussahen, daß man ein Urteil über ihr Alter nicht abgeben konnte. Wahrscheinlich waren sie operiert, geliftet, man sah gar keine Falten, man sah nur glatte, rosige, zarte Haut mit sehr viel Puder, einem zarten, etwas braunroten Lippenstift und etwas Grün auf den Augenlidern. Alle Damen trugen Hüte, kleine Gebilde aus Stroh, und diese Hüte waren mit Schmuck besteckt, überladen, so daß sie kaum ihre Augen von diesen Hüten wenden konnte. Die Älteste, die ihr gegenüber saß, hatte in dem Stroh einen Clip befestigt, der aus grünen Steinen bestand, die in Blattform geschnitten waren, und daran hingen zwei Pflaumen in Naturgröße aus einem hellen, durchsichtigen Stein. Ständig versuchte sie, sich an den Namen dieses Steins zu erinnern, aber es gelang ihr nicht. Sie war so bestürzt, daß ihr die einfachsten Dinge nicht mehr einfielen. Die Dame trug ein Kleid aus einem Stoff, den sie einmal in einem Geschäft

gesehen hatte und der als handgewebte indische Baumwolle bezeichnet war. Ein Stoff, ganz zart, fast durchsichtig, federleicht, eine hellbraune Farbe mit einem schmalen roten Streifen. Das Kleid war ganz einfach gemacht. Es ging bis kurz über die Knie, über die schönen, zarten Knie mit den schönen, langen Beinen. Es hatte nur einen einfachen Ausschnitt am Hals, dreiviertellange Ärmel, aber vom Handgelenk an bis fast zum Ellbogen waren die Arme bedeckt mit Schmuck, mit Armbändern aus Rubinen, die fast die gleiche Farbe hatten wie der Streifen im Stoff. Dann die Perlen in den Ohren, Perlen, die so groß waren, daß man dachte, wie halten die sich dort nur fest?
Aber das alles, trotz des Übermaßes, war von einer so unbeschreiblichen Eleganz, so außergewöhnlich, daß die Ärztin mehr und mehr in einen Zustand von Qual und Verzweiflung geriet und nichts weiter wünschte, als nicht mehr an diesem Tisch sitzen zu müssen. Die Unterhaltung ging auch weiter um Dinge, von denen sie nichts verstand, es handelte sich um Verwandte, um Bekannte, um Kinder von dieser und jener, um Städte, die sie nur dem Namen nach kannte oder von denen sie noch nicht gehört hatte.
Und dann dazwischen das Essen. Kalter Salm mit zartgrüner Sauce, dazu Salate. Doch alle aßen nur wenig, löffelchenweise, bis die österreichische Nachspeise kam, lauter Schaum aus Schokolade und dann ein Kaffee.
Das sind Mumien, dachte die Ärztin, das sind vergoldete Mumien, die gehören zu unserem Leben gar nicht dazu. Sie sind auferstanden aus ihren goldenen Gräbern, irgend jemand hat sie gefunden und ausgegraben, und jetzt sitzen sie neben mir in der Sonne und ängstigen mich. Dann dachte sie wieder, nein, ich bin die Mumie. Diese Frauen sind doch ungeheuer lebendig, wissen Bescheid über alles, kennen alles, und wie ihre Blicke herumgingen. Ganz kurz, ganz knapp. Die klugen, harten, etwas zugekniffenen Augen, die in Sekundenschnelle alles aufnahmen, was es zu sehen gab, alles sahen, was sie sehen wollten, und alles hörten, was sie hören wollten. Wenn Pausen in der Unterhaltung entstanden, war es nur, um den Stuhl vielleicht ein bißchen mehr in den Schatten zu rücken, um einen kurzen Blick auf die Salzach zu werfen, auf den Dom, wunderbar, lovely, marvellous.
Dann klopfte die Dame, die Dr. Schiefels am nächsten saß, ein paar-

mal kurz und hart auf die Hand ihrer Schwester: »Erzähl es Masi«, sagte sie, »erzähl Masi die Geschichte aus Virginia.«
Masi begann zuzuhören. »Was für eine Geschichte?«
»Ja, paß auf, es war so. Bekannte von mir wollten ein Haus kaufen, und sie hatten keine Zeit, es anzusehen, sie waren in Schottland, telefonierten und sagten: ›Bitte fahr hin, ob es was für uns ist.‹ Ich fuhr hin. Ich kannte die Gegend, der Anfang der Berge, ich mußte ziemlich lange herumfahren, bis ich das Haus endlich gefunden hatte. Eine große, breite Auffahrt mit schmalen Wasserstreifen an den Seiten, die von Gras und Erde fast zugedeckt waren, aber dazwischen wuchsen Schwertlilien mit großen Blüten, gelb und blau und weiß, mit starken grünen Blättern. Diese Schwertlilien, blau wie der Himmel, wuchsen den ganzen Weg entlang, dazwischen wieder Rasen, der nicht gemäht war. Dann kam ein großes, offenes Rund, mindestens zehntausend oder fünfzehntausend Quadratmeter, und dieser große Kreis war ganz umstellt, kreisförmig umstellt, von hohen grünen alten Bäumen. Und inmitten dieser Bäume, es waren Ahornbäume, es war aber noch kein Herbst und dadurch hatten ihre Blätter eben erst eine Schattierung angenommen, die sich langsam von Grün in Gold und Braun wandelte. Ja, unter diesen Bäumen stand das Haus.
Mein Gott, dachte ich, eine Ruine. Das ist doch kein Haus, das ist eine Ruine. Aber diese Ruine war verwirrend. Ich blieb immer noch in der Entfernung stehen, weil ich dachte, ist das möglich, was ist denn das? Gehe ich da jetzt näher, wage ich es näher heranzugehen, oder bleibe ich lieber stehen. Nur Windrauschen, ich sah keinen Menschen, niemand, nur ich und mein Auto, mein Wagen hinten am Weg. Dann ging ich einige Schritte vorwärts und sah, daß die Räume gar keine Fenster mehr hatten, und unten in den Zimmern lag Stroh und Heu. Die Haustür hing nur noch halb in der Mitte, ein hölzener Balkon war fast herabgefallen, es mußte ein Haus aus der Zeit von 1770 oder 1780 gewesen sein. Denn trotz des Verfalls entdeckte ich eine unglaublich verwirrende Schönheit. Die ganze vordere Fassade war in vier Bogen unterteilt, und über diesen Bogen waren männliche Köpfe aus Marmor in die Wand eingelassen, lebensgroße Köpfe, die noch Reste von Vergoldung hatten. Zwei Efeubüsche, fast Efeustämme, wuchsen an den Seiten bis oben unter das verfallene Dach, und diese Stämme hatten sich so tief in die Steinmauer gedrängt, daß

die Mauer zerbröckelt war und die Stämme fast in den Zimmern standen.
Und ich dachte: Ich nehme dies Haus, ich nehme sofort dieses Haus. Ich wollte ja eigentlich gar kein Haus haben, es war für Bekannte, nicht für mich. Aber ich dachte: Ich nehme dieses Haus, ich nehme es für mich. Dann fing ich an zu überlegen.
Wahrscheinlich wird gar kein Wasser da sein. Früher werden sie einen Brunnen gehabt haben, dieser Brunnen wird aber längst versiegt oder zugeschüttet sein. Auch stand das Haus vollkommen allein, keine Telefonmasten, kein Licht, aber hinter dem Haus eine Aussicht, unendlich weit herauf, kilometerweit, nur Wiesen und dahinter die beginnenden Berge. Ich ging um das Haus herum und überall war der Eindruck von Verfall und Schönheit so nachhaltig, daß es fast schmerzlich war und ein Gefühl von Trauer und Bedrückung immer stärker wurde. Und plötzlich: Mich sieht jemand an, hier ist irgend jemand, der mich ansieht. Ich blieb ruhig stehen, drehte mich langsam um, aber es war niemand da. Ich ging näher auf das Haus zu, und da, in einer Ecke des Raumes, der sich an den Garten anschloß, standen zwei Männer, sie standen still, bewegungslos, und ich stand genauso ihnen gegenüber. Sie sahen mich an, ganz ernst, ganz ruhig, sie hatten dunkelblaue Anzüge, beide ganz gleich, und dunkelblaue Mützen auf ihrem Kopf. Da lächelte der eine. Lächelte mir zu, und ich sagte: Ich nehme dieses Haus. Ich darf es nehmen. Wenn alles fertig ist, wird es hellgrau gestrichen, die Türen und die Fenster schneeweiß, wir werden sehr viel Wasser finden, Obstbäume anpflanzen und darunter runde Beete mit dunkelroten Tulpen. Dazu schwarze eiserne Lampen am Haus mit großen Glaskugeln für das Licht, mit mattem Licht in der Dämmerung und in der Morgenfrühe.«
»Hör auf«, sagte die Schwester, »jetzt wissen wir wieder alles, du kannst im Kabarett auftreten damit, eine fabelhafte Nummer.«
»Was ist mit dem Haus?« fragte Masi.
»Ach, das ist doch längst fertig, es war in der ›Vogue‹ abgebildet, fünf Seiten, hast du das nicht gesehen?«
Dr. Schiefels dachte, jetzt muß ich etwas sagen, ich muß auch einmal etwas sagen. »Diese beiden Männer«, fragte sie, »waren es Indianer?«
Einen Augenblick sahen alle Frauen Dr. Schiefels an. Eine vollkom-

mene Stille trat ein, Masi lachte etwas: »Aber Doktorin, nicht alle Amerikaner sind Indianer«, sagte sie.
Die Damen standen auf, sie bezahlten, das große Trinkgeld, die Kellner eilten ihnen noch nach mit Verbeugungen und Bewunderungen, die Damen wollten sich noch etwas hinlegen, und später würde man weitersehen.

Dr. Schiefels eilte, um auf ihr Zimmer zu kommen, und schmiß sich auf ihr Bett, ohne sich auszuziehen, ohne irgendein anderes Bedürfnis als nach Ruhe, nach Dunkelheit, nach Alleinsein.
Sie schlief ein, hörte die Zimmermädchen auf dem Gang miteinander sprechen. Warum hörte sie das? Sie schlief doch. Unter ihrer Schädeldecke, aus der die blonden gewellten Härchen herauswuchsen, schien Zwiespalt zu herrschen. Im Schlaf empfand sie heftige Kopfschmerzen, hatte aber dann das Gefühl aufzustehen und von ihrer Wohnung in Hamburg aus in die Mönckebergstraße zu laufen, in ein Obstgeschäft, das sie dort kannte, um Trauben zu holen. »Trauben, Maria«, sagte sie zu der Inhaberin, »ich bin mächtig durstig.«
»Trauben sind leider nicht da.« Doch in den Körben daneben standen Pflaumen, aus Holland, aus Bulgarien, aus der Schweiz. »Ach, wie schön, jetzt kann ich doch gleich versuchen, dieselben Pflaumen zu finden, wie ich sie heute mittag an dem Hut aufgesteckt gesehen habe, ich muß sie finden, ich werde krank, wenn ich das nicht auch bekomme.« Und sie fing an, in den Körben herumzuwühlen, ihre Hände wurden feucht und schmutzig, aber sie fand nichts.
Plötzlich sah sie den Hut, den sie so bewunderte, hoch auf einer Stange stecken, und auf dieser Stange drehte er sich langsam, und unzählige Menschen standen um sie herum und starrten wortlos und verzückt mit ihr nach oben, und dort funkelte und glitzerte es über ihren Köpfen.
Sie erwachte, es war sehr heiß im Zimmer, die Augen schmerzten sie. Die Nachmittagssonne kam direkt durch das Fenster, sie hörte den Fluß, der Kopf tat ihr weh, unter den Armen schwitzte sie, sie riß sich ihre Wäsche herunter, Nylon, warum hab' ich denn immer Nylonwäsche, das ist doch alles schädlich. Die Wäsche blieb aufgebläht wie ein weißes Bündel vor dem Bett liegen, sie legte ihre Hände auf ihre Schenkel, sie hörte Glockengeläute, sie zählte die Uhrschläge, sechs

Uhr. Sie richtete sich halb auf, unter ihrer Tür sah sie ein weißes Kuvert liegen. Sie starrte auf dieses Kuvert und dachte: War denn das heute mittag schon da, habe ich das übersehen, habe ich das nicht bemerkt?
Dann stand sie mühsam, wie betäubt, von ihrem Bett auf, um das Papier aufzuheben. Es war ein Gruß von Masi:

Liebe Doktorin, wir sind fortgefahren, ich wollte Sie nicht stören. Von Wien aus fliegen wir weiter. Wenn Sie Lust haben, nehmen Sie meinen Wagen, um nach Hamburg zurückzufahren. Später melde ich mich wieder. Ihre M. H.

11

Brief von Vincent Henderson aus Felice Circeo
an seinen Vater in Washington

Lieber David!

Nie hätte ich einen anderen Vater haben mögen als Dich. Es hat bisher in meinem Leben nicht einen Tag gegeben, wo ich das gewünscht hätte oder wo ich nicht habe denken können, daß wir beide die besten Freunde sind. Du bist der Beste für mich, und wenn Du an mich denkst, möchte ich, daß Du ein bißchen lächelst und denkst, gut, er ist gut, in Ordnung, ich bin zufrieden. Bin ich gut? Nein, ich bin nachlässig. Längst hätte ich in Mexiko sein sollen und Deine neue Brücke ansehen. Aber dafür, daß ich es so spät tat, gibt es verschiedene Gründe. Du weißt, daß ich bei Cern in Genf sehr intensiv gearbeitet habe, mich dort aber auch erst hineinfinden mußte, mich mit den Arbeitsmethoden vertraut machen wollte und zugleich fasziniert war von den vielen Mitarbeitern aus der ganzen Welt. Physiker, Mathematiker, die meisten ganz junge Leute, die an der Atomphysik und an der industriellen Kernforschung für eine veränderte technische Welt interessiert sind. Das ist etwas, was mich reizt, was mir Freude macht. Aber in den ersten Tagen, in denen ich noch Zeit hatte, flog ich von Genf ab und war dann in Mexiko. Ich weiß nicht, zu welchen Jahreszeiten Du immer dort gewesen bist, in den vielen Jahren, wo Du dorthin mußtest, hast Du vielleicht einmal zu jeder Zeit dort sein können. Jetzt war es Frühling, und ich konnte mir nichts Überraschenderes und Schöneres denken als Deine fertige Arbeit, die ich jetzt zu sehen bekam. Der riesige, ungeheure See mit seinem hellen, fast grüngelben Wasser. Weißt Du, daß man die Brücke die Ananas-Brücke nennt? Es könnte keine bessere Bezeichnung geben. Der riesige Pfeiler in der Mitte, dessen Beton ganz mit Goldlack überzogen ist, und dann die sieben hohen Bögen, die von diesem Pfeiler ausgehen und über den See hinüber in die neue Stadt führen. Und dann die Stadt dahinter, rundherum um den See gebaut. Die Arkaden, die Basare an der Uferstraße, der Schwung der Bögen, die lichte rosa Farbe der Mauersteine. Dahinter die blauen und grünen Rundstockwerke der Familienhäuser, der Büros und die grünen Kuppeln der Berge, die sich im Kreis daran anschließen. Ich habe mich immer gewundert, warum heute die Städte noch nach dem alten Schema gebaut werden: Die Stadt, die City, die Arbeit und dann – weit entfernt – die Kinder, die Familie, das Haus. Warum nicht alles in eins, in einem verbinden. Man kann doch auch Arbeiten verrichten und nachdenken, wenn auf der Straße die Kinder schreien. Und warum sollen die Frauen den ganzen Tag allein sein und sich langweilen und nicht lustig sein, wenn der, der nach Hause kommt, erst ermüdende Kapriolen mit seinem Auto durchstehen muß, bis er endlich da ist, wo er hinmöchte. Nein, das scheint mir in diesem Fall alles ganz großartig gelöst zu sein, und man fühlt an dem Ganzen, wie die Mexikaner Lust und Vergnügen hatten, daran mitzuarbeiten. Bravo, bravo, bravissimo.

Im Augenblick schreibe ich Dir aus Rom. Es ist noch nicht so heiß, und Du weißt, daß ich gern hier bin. Es gibt für mich kaum ein erfreulicheres Leben als unter den Südländern, vor allem unter den Italienern. Ihre Bereitschaft, die kleinsten Dinge des Lebens aufzunehmen, gelassen zu betrachten und in Genuß und Freude zu verwandeln, ich bin so angezogen davon, ich kann es Dir kaum beschreiben. Ich glaube auch, daß es vielen unserer Landsleute so geht, denn der Touristenstrom wird immer größer, und man trifft hier immer mehr Amerikaner. Heute morgen war ich in einem Gemüseladen in der Nähe vom Colosseum. Ich hatte Lust, mir ein paar Orangen zu kaufen, und obgleich ich eigentlich gar nicht so lustig aufgewacht bin, weil ich in der Nacht über so viele Probleme nachgedacht habe, veränderte sich alles sofort in der Nähe dieser Menschen. Welch ein Glück, so leben zu können, um kleine Dinge zu handeln und feilschen und das alles lachend, voller Heiterkeit. Dann sein Päckchen nehmen und damit nach Hause gehen, aber vorher noch viele Male den Heimweg unterbrechen, um mit fröhlichen und netten Menschen zu sprechen, und alles

in diesen Straßen, wo sicher schon vor Jahrtausenden das gleiche Leben geherrscht hat.
Aber die Hauptsache, weshalb ich Dir jetzt schreibe, ist das alles nicht. Die Hauptsache ist Masi, die ein Fest gegeben hat in San Felice, und ich bin erst gestern abend von dort zurückgekommen. Verzeih, wenn ich etwas länger schreibe; bitte bringe Geduld dafür auf, ich weiß, daß Du alles hören willst, was Masi und mich betrifft, und diesmal ist es sogar eine etwas außergewöhnliche Angelegenheit. Masi hatte ein großes Fest arrangiert. Odysseus sollte übers Wasser kommen und an der Küste die Grotte der Circe vorfinden, und Masi würde dort sein, goldgeschmückt als Circe, und Odysseus erwarten. Ich weiß nicht, wie viele Leute sie eingeladen hatte, ich glaube, zweihundertfünfzig oder dreihundert, aber mindestens das Doppelte an Menschen war zu sehen, die von diesem Fest gehört hatten, denn an der Küste spricht sich alles in Windeseile herum, und die neugierig waren, was diese Amerikaner sich nun wieder hatten einfallen lassen.
Kennst Du diese Gegend? Man fährt von Rom mit dem Wagen über Latium dorthin, und schon auf dieser Fahrt entdeckte ich einige Merkwürdigkeiten, die ich in dieser Art sonst sicher nirgends zu sehen bekommen würde. Ich weiß nicht, ob es ein Zeichen für die Bedürftigkeit der Italiener ist oder für ihre Freiheit in allen Augenblicken des Lebens oder für ihre Lust auf Amusement, jedenfalls war ich höchst erstaunt, an diesem Sonntagnachmittag, als ich von Rom wegfuhr, am Straßenrand, dort an dem Gehsteig, wo nebenher die Autos vorbeifuhren, einige Damen im Gras sitzen zu sehen.
Als mir das zuerst auffiel – ich war allein im Wagen und konnte deshalb niemand fragen –, dachte ich: Aha, da sitzt ein Mädchen im Gras in der Sonne und freut sich, daß Sonntag ist. Bei der nächsten dachte ich: Aha, noch eine. Dann kam die dritte, und ich fuhr etwas langsamer, weil ihre Erscheinung mich überraschte. Sie trug ein sehr kurzes Kleid mit einem abgeschabten roten Pelz um die Schultern, und sie saß da in einer Haltung, die mir nicht sehr sonntäglich vorkam. Ihre Haare waren hellblond, sie hatte ein schmales, junges Gesicht, einen hellroten Lippenstift, und die Haare wehten ihr in Strähnen über den Mund, und ich sah, wie sie immer wieder versuchte, sie wegzustreichen. Dann drehte sie sich halb um und sah hinter sich, wo ein anderes Mädchen mit einem jungen Mann aus einem Gebüsch herauskam.

Das Mädchen strich an ihrem Rock und an ihrer Bluse herum, der junge Mann ging noch einige Schritte hinter ihr, dann schaute er sich nach allen Seiten um und ging fort. Das Mädchen, eine dicke schwarze Person, setzte sich dann neben die Blonde an der Straße. Als sie merkten, daß ich langsamer fuhr, winkten sie mir und riefen etwas; ich habe nie in meinem Leben diese unverhüllten Erlebnisse so deutlich am Straßenrand gesehen. Aber es macht ja nichts, wahrscheinlich war das hier schon immer so.

Von Latium aus muß man in die Straße zur Küste einbiegen, um bis zu einem Ort San Felice zu kommen, wo dann in der Nähe etwas liegt, was hier Grotta di Circe genannt wird. Manche sagen auch San Felice Circeo. Jedenfalls kann man den Ort gar nicht übersehen, es weisen immer wieder Schilder darauf hin. Ich habe das sehr gern, wenn man überall auf dieser Welt, wohin man kommt, Beziehungen antrifft, die in die denkbar fernsten Zeiten hinabreichen, ob sie nun stimmen oder nicht. Wen stört es, warum soll es nicht stimmen, das Odysseus auf seinen Fahrten hier an der Küste Italiens gelandet ist? Warum soll er hier nicht Circe getroffen haben? Mir ist auch kaum ein anderer Ort bekannt, von dem das gesagt wird. Jedenfalls ist es eine wunderschöne Küste, und die Grotte, in der Circe gelebt haben soll, ist wirklich ein für eine Zauberin geeigneter Platz. Vor der Grotte liegen dunkle, fast schwarze Felsblöcke, über die unablässig das Meer hinwegrollt. Die Grotte selbst ist ein sehr großer Raum, von Steinen begrenzt, die ein merkwürdiges blaues Licht ausstrahlen. Rundherum wachsen die schönsten Büsche. Mandelbäumchen stehen dort, Oleander, Kamelien und Geranien hängen in riesigen Trauben meterlang vom Felsen herunter. Wie klein sind unsere Geranien. Zurückgebliebene, rührende Pflänzchen gegen diese Überfülle hier. Die Blumenbüsche zogen sich immer weiter hinunter bis zu einem sehr schön angelegten, sehr weitläufigen Garten mit Treppenstufen aus rötlichem Marmor und mit einem großen Swimming-pool, in den das Wasser aus drei Quellen hineinlief, und oben auf dieser Höhe stand ein Hotel. Du weißt, ich habe Masi seit langer Zeit nicht gesehen, und Du weißt, daß wir eigentlich eins sind, nicht eine Tochter und ein Sohn, sondern wir gehören eben zusammen, wie es von Anfang an war. Sie sah großartig aus, ganz schlank. Sie verliert ja auch in der heißesten Sonne nie das Helle, fast Schneeweiße ihrer Haut. Aber jetzt sah sie ungemein lebendig aus, beglückt. Sie freute sich so auf das Fest, sie freute sich, daß ich da war, sie hatte hundert Ideen. Sie erzählte mir alles, dann brach sie wieder ab, telefonierte, gab Bestellungen auf, sie war in heiterster Laune.

Ich sagte ihr nicht, daß ich bei Madeleine gewesen war, sagte nicht, daß es mir nicht möglich war, unsere Mutter zu sehen oder zu sprechen. Ich sagte nichts darüber, dazu war immer noch Zeit, und sie fragte auch nicht danach. Ich ließ sie dann mit ihren Vorbereitungen allein, und da ich gar nicht müde war von der Fahrt, wanderte ich herum, um mir die ganze Gegend etwas genauer anzusehen.

Von dem Hotel aus hatte man einen herrlichen Blick über das Tyrrhenische Meer. Nichts als das Meer und diese blumige, grüne, geschwungene Küste und dazu immer das Rauschen vom Meer, das über die schwarzen Steine hinwegschäumte. Hinter dem Hotel war eine Straße, dann kam ein Berg, der ziemlich steinig war, auch ganz unbewachsen, eine oder zwei Zypressen, sonst nichts. Aber ein Weg führte hinauf, und ich dachte, ich gehe nach oben auf den Berg, trotz der Hitze jetzt, von oben aus muß doch alles noch viel schöner aussehen.

Ich brauchte ziemlich lange, bis ich oben war. Ich machte immer wieder Pausen, setzte mich hin und rieb das Gras zwischen meinen Fingern, das wie bittere scharfe Kräuter roch und in kleinen Büscheln zwischen den Steinen wuchs. Unter mir, im Bereich des Hotels, konnte ich vor dem Garten Autos vorfahren sehen, Menschen bewegten sich hin und her. Von einem hohen Sprungbrett aus sprang jemand glatt und schnell wie ein Fisch ins Wasser. Ich ging weiter, bis ich am Ende zu der Spitze des Berges gekommen war. Was für eine Aussicht! Ich konnte mich wenden, wohin ich wollte, von jeder Seite war alles schön, was ich sah. Dazu der laue, warme Wind hier oben, der frühe Nachmittagswind. Trotz der Anstrengung des Aufstiegs fühlte ich mich wunderbar wohl, wie befreit von Gedanken, von Sorgen, von ich weiß nicht was. Alles, womit wir uns täglich herumplagen. Ich empfand in mir eine ganz große Heiterkeit, ein Glück von einer Art, wie ich es eigentlich noch nie gekannt habe. Glück und Zufriedenheit, Daseinsfreude, ich weiß nicht, was sonst noch alles.

Ein Schwarm von Vögeln umflog mich mehrere Male wie in einem Kreis. Ich sah ihnen nach, wie sie wieder verschwanden, und da ent-

deckte ich, daß unten in der Ebene unter mir, die wie ein großes riesiges Quadrat von zerbröckelten Mauern umgeben war und nur einen Ausgang in eine andere grüne Ebene hatte, daß dort in dieser Ebene plötzlich einige Reiter auftauchten. Acht oder zehn, nein, zwölf waren es. Sie mußten in diese Ebene hineingekommen sein, als ich den Vögeln nachschaute. Es waren weiße, braune und auch zwei schwarze Pferde. Wie mir schien, waren es Männer und Frauen, und alle bewegten sich mit ihren Tieren in einem langsamen, vollkommen gleichmäßigen Galopp, ein Pferd hinter dem anderen. Ich hatte nur erst so hingesehen, wie auf ein Bild, auf eine Veränderung der Landschaft, die sich plötzlich darbietet, auf etwas, was man an vielen Orten sehen kann, Pferd und Reiter in einer Ebene. Aber plötzlich schien es mir, daß dieser Augenblick und dieses Bild von ganz entscheidender und fast unheimlicher Bedeutung für mich war. Ich wandte den Blick nicht mehr ab, es war mir, als ob alles gerade jetzt, gerade in diesem Augenblick und gerade nur für mich sich ereignete. Ein Augenblick, der mir gezeigt wurde, um etwas zu wissen, etwas zu erfahren, was ich vorher nicht gewußt habe und was ich nie wieder erfahren würde in dieser Deutlichkeit und in dieser Klarheit.

Die Reiter hatten ihre Positionen nicht verändert, sie ritten immer noch einer hinter dem anderen, immer im gleichen Abstand. Mir schien, als könnte ich das Schnauben der Pferde hören, und die Logik des Daseins, die ungeheure Ordnung, die anscheinend doch in allem liegt und die wir so selten zu sehen bekommen und so selten erleben können, wurde mir plötzlich ganz deutlich. Es schien mir, als würde ich einen Stoß gegen die Brust bekommen, und jemand sagte zu mir: »Paß jetzt auf, sieh jetzt zu, einmal und nicht wieder.«

Schnell, schnell dachte ich, denk nach, sieh zu, damit du Bescheid weißt. Aber was sollte ich wissen? Wie alles weitergeht oder warum das Leben meiner Schwester so war und meins wieder ganz anders und der Verlauf mir unbekannt. Aber bevor ich zu irgendeinem Ergebnis kam, war schon wieder alles anders. Das Bild hatte sich vollkommen verändert. Alles war in ständiger Bewegung, und ich stand da, von einer ungeheuren Aufmerksamkeit und Intensität geschüttelt, und dann war der Strahl der Sonne, die das ganze erhellt hatte, schon wieder vorbei; das Licht nahm ab, alles war, wie es vorher gewesen war. Eine Landschaft, Reiter in einer Ebene, die dann auch die Ebene

wieder verließen und bald nicht mehr zu sehen waren, sonst nichts. Ich ging den Weg, den ich heraufgekommen war, wieder abwärts und hörte nach kurzer Zeit schon die Musik aus den Gärten und im Hotel. Mehrere Kapellen spielten gleichzeitig, alle gegeneinander, ein Tumult in der Luft von sich widersprechenden Klängen und doch alles vereint, Freude und Vergnügen.
Auf den Felsen neben dem Hotel waren große Seidentücher ausgebreitet, in allen Farben: violett, lila, grün, grau, rosa, gelb, braun. Darauf lagen Blumen, Früchte, Gedecke und silberne Schüsseln. Aber niemand achtete groß darauf, denn über das Meer kam jetzt Odysseus in seinem großen Boot mit den roten Segeln. Langsam trieb dieser Schmetterling auf das Land zu, begleitet von all den anderen Booten und von Lärmen und Geschrei. Masi in ihrem goldenen Kleid trat aus der Grotte heraus und breitete die Arme aus. Odysseus verließ das Boot, kam die Treppe zu der Höhle der Zauberin herauf. Er verneigte sich. Odysseus war bei Circe gelandet.

Ich kann Dir nicht sagen, wie lange dieses Fest gedauert hat. Der nächste Tag war längst angebrochen. Es war ein schönes Fest, ein Fest wie viele im Sommer an der Küste. Jeder versteht dort, Feste mitzumachen, mitzufeiern. Der Überschwang ist immer herzlich, kindlich fast. Die total Betrunkenen sind immer noch amüsant und liebenswert. Das lustigste war in der Nacht der Auftritt der Schweine, in die ja Circe die Männer des Odysseus verwandelt hatte. Das waren Jungens aus Rom, die in hellrosa Kostüme gekleidet waren und Schweineköpfe trugen und die wie eine Horde von kreischenden Wahnsinnigen plötzlich aus allen Büschen hervorbrachen. Sie quiekten laut, sie schrieen, sie strampelten mit ihren Beinen. Ich mußte auch lachen. Es war wirklich komisch, und komisch ist es, wenn man sieht, wie Menschen plötzlich auf der Erde herumlaufen und Bewegungen zu machen versuchen, die ihnen eigentlich fremd sind. Ein junger Engländer war dabei, ein Lord Hopel, dessen Mutter hier in der Nähe ein Haus haben soll, der konnte so herrlich schreien wie ein kleines Schwein, das abgestochen wird an einem Märztag, wenn draußen Schnee fällt und das Schweineschlachten in den Dörfern beginnt und der Rest des aufgefangenen Blutes in den weißen Schnee gegossen wird. Über diesen Lärm und über diese Töne kam die ganze Bande so außer sich, daß viele von ihnen sich setzen mußten, um ihr unaufhörliches Lachen zu stoppen, aber damit löste sich auch der ganze Zug auf. Unter den Schweineköpfen kamen die Gesichter der Männer hervor, und danach begann das Essen, das alle wieder als Menschen vereinte. Später sah ich dann Masi mit einigen Schauspielern aus Rom auf einer Bank im Garten sitzen. Von den anderen Leuten, die da waren, fiel mir niemand besonders auf, außer zwei Jungens, die vielleicht siebzehn oder achtzehn waren und alles mit einer so brennenden Intensität und solchem Verlangen verfolgten, daß ich mich darüber freute. Ich versuchte dann auch noch, mit ihnen ins Gespräch zu kommen. Wie sie sagten, kamen sie aus Sizilien und wollten weiter nach Rom. Der eine von ihnen begann dann später zu singen, ein ganz dummes Lied: »Cinderella di Luna«. Aber er hatte eine schöne Stimme und einen rührenden unbeholfenen Charme in der Art, wie er dastand. Während dieser Junge sang, stand sein Bruder immer dabei. Ein außergewöhnlicher Typ von einer frechen, animalischen Schönheit, die auf mich einen besonderen Eindruck machte, einen Eindruck von Gefährlichkeit mit der Warnung vor noch nicht erkennbaren, später unvermutet hervortretenden Möglichkeiten. In Paris sah ich einmal eine Vorstellung des Bacchus von Jean Cocteau. Damals bewunderte ich einen Schauspieler vom Typ Marais, heute würde ich diesem Jungen in dieser Rolle den Vorzug geben. Viel natürlicher, kein Intellektueller, wachsamer, gefährlicher. Gekommen mit einem Auftrag, der andere oder ihn selbst vernichten wird.

Aber sonst war alles schön, alles war hübsch. Der Morgen dämmerte schon herauf. Als ich ging, sah ich einen Fischer in seinem Boot vorüberfahren, ein einziges Boot auf dem hellen Meer.
Leb wohl, gute Nacht.

Brief von Vincent Henderson aus Genf
an seinen Vater in Washington

Du hast gestern abend am Telefon über mich gelacht. Ich mußte mitlachen, obgleich mir ganz anders zumute war. Ich sage Dir das auch nur, damit Du weißt, wie sehr ich jede Reaktion von Dir verstehe, und

ist das nicht großartig, daß ich auch dies alles mit Dir besprechen kann? Wie oft hat es mich angewidert, angewidert im höchsten Maße, wenn ich von Mitschülern oder Freunden hören mußte, daß sie ihre ersten Erlebnisse vollkommen vor ihren Eltern geheimhalten. Wenn sie abends später nach Hause kamen als gewöhnlich, mußten sie im Hause herumschleichen, damit niemand etwas merkt. Sie dürfen weder ihre Seligkeit noch ihre Verzweiflung spüren lassen. Sie müssen so sein, wie sie immer sind, damit niemandem auffällt, in welcher Ekstase der Gefühle sie sich befinden. Wenn sie mittags am Tisch sitzen, dort sitzt der Vater und dort sitzt die Mutter, dort sitzen die Geschwister und alles soll sein, wie es immer ist. Aber nichts ist mehr so, nichts. Natürlich ahnen die Eltern etwas, so dumm sind sie ja nicht, sie ahnen etwas. Der Vater merkt es, die Mutter auch. Ab und zu ein Mißtrauen, das in den Augen entsteht. Und wenn das Essen vorbei ist und die Kinder sind wieder fort, ja, wo sind sie? Er wird doch nicht? O Gott! Frag Du ihn, Du mußt mit ihm reden. Er läßt in der Schule nach. Nein, nein, ich kann nicht mit ihm sprechen, ich weiß nicht, was ich sagen soll, er sieht so merkwürdig aus, findest Du nicht? Ich kann da nichts machen. O Gott, der Junge wird doch nichts Böses tun?
Er tut nichts Böses. Er hat nur etwas Wunderbares, etwas Ungeheures erfahren. Er ist zum erstenmal in seinem Leben in der Dunkelheit der verschwiegenen Nacht in das Zimmer eines Mädchens mitgenommen worden. Leise, leise, damit niemand etwas hört. Das Mädchen hat ihr Kleid auf den Fußboden geworfen und gesagt: Ich liebe dich!
Oder sie standen zusammen unter den Büschen eines Gartens, der sie vor den Blicken der Neugierigen verbarg, und seine Hände gingen zum erstenmal von ihrem Hals herüber bis zur Schulter. Was für ein Erlebnis! Aber niemand darf es erfahren.

Sieh mal, so war es bei mir nie. Vom ersten Augenblick an, wie sich das Leben für mich in dieser Weise veränderte, konnte ich mit Dir darüber sprechen. Keine Heimlichkeiten, kein unterdrückter Jubel und kein unterdrückter Schmerz. Wie großartig ist es, daß Du mich verstanden hast und daß ich alles sagen durfte, alles. Ich war ja doch Dein Sohn, und Du wußtest, daß ich ein erwachsener Mensch bin oder ein Mensch, der heranwächst, der alles kennenlernen soll und

will und möchte. Warum nicht auch in diesen Augenblicken einen Vater zum Vertrauten haben, und wer konnte vertrauter sein als der Mensch, der mich in diese Welt hineingebracht hat und mir diese Augenblicke des Glücks überhaupt möglich machte. Aber laß mich das nur noch einmal sagen, damit Du weißt, warum ich gestern abend so plötzlich von Genf nach Washington telefonierte.
Verzeih, wenn ich jetzt nichts weiter sage. Du weißt alles, und ich bin gar nicht fähig, meine Gedanken zu ordnen. Es kommt mir vor, als wäre ich ein Vogel, der immer höher in die Lüfte steigt, und kommt er endlich herunter, tanzt er auf der Erde unerschöpft seine Fußzeichen in den Sand, und Du bist imstande, diese Zeichen zu lesen.
Leb wohl, adieu!

Brief von Vincent aus Genf
an seinen Vater David Henderson in Washington

Gestern abend sah ich sie wieder. Ich habe fast die ganzen Stunden des Tages in der Nähe ihres Hotels verbracht. Ich wußte, ich würde sie sehen. Sie kam mit ihrer Mutter aus dem Hotel heraus. Ich sah sie nur, wie sie die wenigen Stufen zu ihrem Auto hinunterging, aber dieser kurze Augenblick machte mich so glücklich, daß mir fast die Tränen in die Augen traten – nur über das Glück, das Mädchen, das ich liebe, für wenige Augenblicke zu sehen. Ich habe die ganze Zeit nachgedacht, wie ich Dir von ihr erzählen könnte. Ich würde es so gern tun, um Dir genau das Richtige zu sagen. Wenn ich es nicht fertigbringe, verstehe es bitte auch. Sie erscheint mir so schön, daß nur andere als ich, vielleicht ein Schriftsteller, ein Dichter, Worte dafür finden könnten, um diese Art der Bewunderung, die ich empfinde, auszudrücken.
Sie hat nichts, aber auch gar nichts gemeinsam mit dem reichlichen Angebot der jungen Mädchen, die heute herumlaufen und die man überall trifft und die man überall kennenlernen kann ohne die geringste Formalität und mit denen man überall hingehen kann, wo es einem Spaß macht und wo man dann auch Spaß hat. Das ist sicher alles richtig und gut so, aber diese Art des Zusammenseins würde bei mir sicher nie eine solche Empfindung ausgelöst haben, wie es jetzt der

Fall ist. Sie ist eben anders. Verstehst Du? Eine Frau, etwas Außergewöhnliches, etwas so Schönes, wie es nur in dieser Form auf dieser Welt existiert. Nachdem sie mit ihrer Mutter in das Auto eingestiegen war, bin ich fortgegangen. Ich hatte keine Lust mehr zu irgend etwas, und am nächsten Morgen, es war kurz nach zehn, sah ich sie ganz allein. Sie saß auf einer Bank, der Fontäne im Hafen gegenüber, und sah zu, wie das Wasser zerstäubte und in das Wasser im Becken zurückfiel. Du hast mir einmal erzählt, wie Du unsere Mutter, Madeleine, getroffen hast. Sie saß in Innsbruck bei einem Buchhändler, und Du gingst auf sie zu und wußtest, das ist die Frau, die ich heiraten werde. So weit bin ich in meinen Gedanken gar nicht gekommen. Aber ich konnte auch nichts anderes tun, als mich auf die Bank zu setzen, neben sie. Sie warf einen schnellen Blick auf mich – sie erkannte mich wieder. Dann sah sie wieder auf das Wasser, und ich hatte den ungeheuren Mut, ihre Hand zu nehmen, und sie ließ ihre Hand in meiner Hand liegen und zog sie nicht fort. Dabei ging in ihrem Gesicht gar keine Veränderung vor. Nichts von Triumph oder Ärgernis oder irgendeine andere Torheit war zu spüren, wie es wahrscheinlich jede andere Frau in einem solchen Augenblick gezeigt hätte. Sie blieb still neben mir sitzen. Ihre glatten schwarzen Haare fielen ihr etwas über das Gesicht. Sie hatte keinen Hut, kein Tuch. Ihre Augen schlossen sich nicht, sie blieb, wie sie vorher war. Nach einigen Minuten wagte ich etwas zu sagen. Ich wagte zu sagen: »Wir wollen uns sehen!« Sie antwortete nicht. Sie zuckte mit der Schulter und lächelte ganz wenig. Sie trug einen leichten weißen Pelz. Ich fuhr mit der Hand über diesen Pelz und fühlte darunter ihren Arm. Es waren nur Minuten, aber es schien eine Ewigkeit zu sein, in der ich so reglos neben ihr blieb, meine Hand auf ihrem Arm, vereint mit ihr. Ich fühlte ein leises Zittern, und da wandte sie mir ihr Gesicht zu. Ihre großen Augen sahen mich an, und da war ein Ausdruck, daß ich fast erschrak, ein Ausdruck von Geheimnis, von Verführung, und im selben Moment fiel mir ein Gedicht ein, das ich einmal als Junge geschrieben habe:

In den Wäldern, trunken von Wein,
sitzen meine Schwestern und warten ...

Und ich dachte, sie wird eine der Schwestern sein, die auf mich warten – aber worauf warten und wozu? Zu einem Weg in welche Wälder? Das dauerte kurz, nur wenige Augenblicke. Ich nahm meine Hand von ihrem Arm und sah auf ihre schmalen Knie, die unter ihrem Rock hervorkamen, und auf ihre zarten und makellosen Hände, und da war kein anderer Gedanke mehr in mir, nur Verlangen nach Liebe. Liebe. Sonst nichts.

Brief von Vincent aus Genf
an seinen Vater in Washington

Nur ein Gruß. Ich habe mit ihr ausgemacht, daß wir nachmittags nach Vevey fahren, um auf dem Genfer See zu segeln. Vorher werde ich ihren Vater treffen, ich habe mich bei ihm angemeldet. Er ist hier zu einer internationalen Konferenz. Ich habe eine furchtbare Angst, ihn zu sehen. Dumm, nicht wahr? Ich kann es nicht ändern. Hilf mir, wenn ich Dich um Hilfe bitte.

12

Eine Sekretärin öffnete Vincent die Tür. Sie entfernte sich schnell. Er sah ihr nur eine Sekunde nach, als sie durch eine gegenüberliegende Tür verschwand.
Der Minister saß hinter seinem Schreibtisch. Es war ein großes Zimmer des Hotels mit Gobelins an den Wänden und englischen Mahagonimöbeln. Er grüßte Vincent kaum, er bat auch nicht, Platz zu nehmen. Er sah auf einige Briefe, die vor ihm in einer Mappe lagen, schien etwas durchzulesen, schob dann aber alles mit einer schnellen Bewegung zur Seite.
»Meine Tochter wird nie einen Amerikaner heiraten.« Er machte eine kurze Pause und sprach dann sofort schnell und lebhaft, mit starken Betonungen, weiter.
»Ihr Land, Ihr Vaterland, befindet sich in einer gefährlichen Lage und wird sich auch in den nächsten Jahren aus dieser Situation nicht herausretten können. Ich bin Justizminister. Wissen Sie, was das Notwendigste, was die wichtigste Aufgabe in solcher Position ist? Unerbittlichkeit in der Verfolgung – obstinado en la persecucion.« Er sprach die spanischen Worte zweimal deutlich hintereinander.
»Das ganze Land leidet sonst und wird von einem Netz von Unglück und Mißhelligkeiten überzogen, eines folgt dem anderen, niemand weiß, woher es kommt. Die Ursache ist verwischt und ist doch der Ursprung aller Verwirrungen, wenn auch später und für die Allgemeinheit vielleicht nicht mehr deutlich als Ausgangspunkt erkennbar. Können Sie wissen, was ich meine?«
»Ja, ich glaube, Sie meinen den ungeklärten Mord an Kennedy.«
»Richtig, bravo. Das gefällt mir, daß Sie das wissen. Unerbittlichkeit in der Verfolgung.
Bitte kommen Sie hierher, ich möchte Ihnen ein Foto zeigen. Bitte sehen Sie sich das genau an. Es zeigt Ihren jetzigen Präsidenten und seine Gattin. Sie feiern den Geburtstag eines Freundes. Sie singen für

ihn: ›Happy birthday to you.‹ Er spielt Klavier, und sie klatscht in die Hände. Es gibt Fotos, die man sehr genau ansehen muß. Einigen Fotografen gelingt es, die Entwicklung, das spätere Schicksal, den Hintergrund der dargestellten Personen deutlich zu machen. Es ist selten, daß das erkennbar ist, aber manchmal gelingt es doch. Es gibt großartige Fotografen. Sehen Sie hier, wie der Präsident von oben auf die Tasten schlägt, wie gewölbt seine Hände sind und wie die einzelnen Finger von oben herabstoßen. Sehen Sie es? Sehen Sie, wie er singt? Sehen Sie seine Frau: Sie lächelt, aber sie kann sich kaum aufrecht halten. Schon das Singen und das Händeklatschen machen ihr im Augenblick fast zuviel Mühe. Ihre Reserven an Kraft sind nicht mehr sehr groß. Ich liebe dieses Foto. Ich habe es mir ausschneiden lassen. Meine Tochter wird nie einen Amerikaner heiraten.«

Die Sekretärin erschien, sie öffnete die Tür und schloß sie wieder. Vincent ging den langen Gang bis zum Lift, dann drehte er sich um und ging die Treppen hinunter, drei Stockwerke, durch die Halle auf die Straße. Draußen schien die Sonne, das schönste Wetter.

Mein Gott, dachte er, dieser alte Hund, dieser alte, verdammte Hund von einem Spanier.

Er setzte sich auf eine Bank in den Anlagen und versuchte sich zu beruhigen. Er sah auf seine Uhr, es war erst Mittag, kurz vor eins, noch drei Stunden, bis er sie sehen konnte, noch drei Stunden.

Telegramm aus dem Hotel de Russe, Genf, Schweiz.
An Mr. David Henderson.
Washington, D. C., 75 Red Oaks:

Mr. Vincent Henderson auf dem Genfer See mit Segelboot gestern verunglückt. Wir erbitten telefonische oder telegrafische Nachricht.
Fracier Hotel de Russe

Henderson flog sofort nach Genf. Am Empfang des Hotels standen einige Herren, die ihn begrüßten und einige Worte sagten, aber er verstand es nicht und ließ sich gleich in Vincents Zimmer bringen. Ihm wurde aufgeschlossen. Er kam in das Zimmer hinein. Vor dem Bett standen seine schwarzen Lederschuhe, das Bett war aufgeschla-

gen, als ob Vincent sich abends hineinlegen würde. Die Schränke waren geschlossen. Er öffnete, die linke Tür klemmte, er riß sie auf. Seine Anzüge hingen da, seine Mäntel. Im Bad lagen die Badetücher auf der Kante der Badewanne. In dem Behälter ein großes Stück Seife. Er ging wieder zu dem Empfang hinunter.
»Ist mein Sohn im Krankenhaus?«
Die Herren antworteten nicht gleich, sie sahen ihn an. Einer trat zu ihm mit einer Verbeugung. Er ließ immer noch Zeit verstreichen, bevor er anfing zu antworten.
»Die Leichen, ich meine die Körper der beiden jungen Herrschaften sind noch nicht gefunden.«
»Mein Sohn war ein erstklassiger Schwimmer.«
»Gestern war ein ziemlicher Sturm, Mr. Henderson, Windstärke neun. Der Wind kam nach einem heißen Tag, ganz plötzlich ein Gewitter. Bitte, wenn Sie hierher treten würden, hierher zu mir, wir können durch das Fenster die Segeljacht sehen. Sie war gekentert. Heute früh lag der Mast noch direkt auf dem Wasser. Aber der Wind hat das Boot fast genau in den Hafen getrieben, und es konnte geborgen und aufgerichtet werden.«
Henderson ging zum Wasser hinunter. Einige Menschen und Polizei standen in der Nähe und sahen unentwegt auf das Boot, das sich auf und nieder bewegte und mit einer festen Kette an einem Ring der Holzmauer des Hafens befestigt war. Aber es war nichts zu sehen, das Boot war leer. Oben an der Spitze des Mastes bewegte sich nur eine kleine blaue Fahne. Henderson wollte etwas fragen, dann drehte er sich um.
Erst abends, als es dunkel war, ging er zu dem Boot zurück. Ein Fischer stand am Uferweg und wickelte eine Leine auf eine Rolle, deren Ende noch an dem Boot hing. Er beobachtete, wie ein Polizeiboot auf den See hinausfuhr.
»Ich bin der Vater«, sagte Henderson.
Der Mann bückte sich über seine Leine und zeigte auf das Boot, das die Mitte des Sees fast erreicht hatte.
»Sie haben gestern schon den ganzen Tag gesucht. Heute nacht auch, aber nichts gefunden. Vielleicht, wenn der Wind stärker wird oder in neun Tagen.«
»Warum dann?«

Der Fischer zuckte die Achseln. »Das ist so, wir wissen von diesem Rhythmus nichts. Es tut mir leid«, sagte er dann.
»Danke.«
Henderson blieb neun Tage, dann noch einmal vierzehn Tage. Der See war heiter, fast unbewegt, auf den Ufern lag Sonnenschein. Einmal regnete es, aber nur kurz. Die Dampfer fuhren von einem Ufer zum anderen und dazwischen viele Segelboote. Henderson sah aus den Fenstern seines Zimmers auf diese Schweizer Landschaft hinaus. Wie töricht, dachte er, daß ich hier bleibe. Die beiden sind sicher längst zu Hause. Sie haben den Unfall nur vorgetäuscht, haben das Boot laufen lassen, sind beide an Land geschwommen, irgendwo in einen Wagen gestiegen und zum Flughafen gefahren. Als ihm dieser Gedanke gekommen war, rief er sofort auf dem Flugplatz in Genf an. Nein, es waren keine Passagen auf den Namen Henderson gebucht worden.
Aber das brauchte nichts zu bedeuten. Sie könnten einen anderen Namen gewählt haben, um ihre Reise zu verschleiern, ihre Flucht unkenntlich zu machen. Je mehr er darüber nachdachte, um so richtiger schien ihm dieser Gedanke. Er flog nach Amerika zurück. Aber auch dort war nichts. Niemand hatte sich gemeldet, keine Nachricht, kein Brief, kein Telefon, nichts. Er saß und wartete. Sie würden durch die Tür kommen, sie würden bei ihm im Garten sitzen, sie würden ihn umarmen, alles würde sich aufklären.
Als Wochen und Monate vorbeigegangen waren, wußte er manchmal, ich warte umsonst, ich warte vergeblich, aber er gestand es sich nie ganz ein.
Manchmal telefonierte er mit Masi.
»Soll ich kommen?« fragte sie. »Ich komme sofort, wenn du willst.«
»Nein, nein, laß nur, später vielleicht. Ich sage dir dann Bescheid.«
Im Grunde war es ihm lieb, so allein in seinem Haus zu sein. Seine Angestellten taten, was zu tun war, sein Leben verlief, wie es immer verlaufen war. Aber er verlor mehr und mehr das Interesse an seiner Arbeit. Er ging durch das Haus, die großen Zimmer, er blieb vor manchen Dingen stehen und erinnerte sich, wo und wann er sie gekauft hatte, nach Hause geschickt hatte, wie es ausgepackt und aufgestellt wurde.
Dann ging er weiter. Dann wurde er müde und legte sich nieder.

Dann stand er wieder auf, er ging in den Garten. Er ging morgens in der Frühe, wenn er nicht mehr schlafen konnte, und in der Dämmerung, wenn es zu früh war, ins Bett zu gehen, und er ging nachts, wenn er aufgewacht war und aufstand, weil er nicht liegenbleiben konnte. Aber warum war er unruhig? Auf ihn wartete niemand, niemand würde kommen, er war allein.
Luigi war fort. Er hatte nie mehr etwas von ihm gehört, kein Gruß, kein Brief, nichts. Manchmal überlegte er, ob er nicht einmal hinfahren sollte in das Bergdorf mit den Schwefelgruben in der Nähe, ob er nicht überhaupt fortfahren sollte, auch nach Sizilien. Er würde Luigi wiedersehen, sie konnten vor seinem Haus sitzen, von dem er erzählt hatte, oder sie könnten den großen Wagen nehmen und durch Spanien fahren oder vielleicht auch durch Afrika. Er hatte an Afrika wunderbare Erinnerungen. An Johannesburg, an Tansania, an die Jagd, an die großen Flüsse. Wie Heimweh überkam es ihn, als er still dalag und an die riesigen Flüsse dachte, an das Rauschen der Wasser und an die Fächerform der Bäume gegen den roten Abendhimmel.
Aber er bestellte keine Flugreise, er schickte kein Telegramm an Luigi, er blieb in seinem Bett, er blieb in seinem Haus, er war allein.
Abends kam manchmal Dr. Löwinger. Sie saßen zusammen am Fernseher, sie tranken Wein, sie tranken Bier, sie saßen und sahen zu. Die Demonstrationen in den Straßen von New York, in Vietnam, in Athen, in Kairo. Henderson wurde unruhig, Dr. Löwinger lächelte.
»Wie gehabt«, sagte er, »alles wie gehabt.«
Er war in Berlin gewesen, in Wien, in Prag. Sie sahen, wie die Plakate mit den Bildern von Marx vorübergetragen wurden, Leninbilder, Trotzkibilder, alles junge Leute, die die Plakate trugen. Junge Männer, junge Frauen, viele Neger und die anderen Demonstranten mit Blumengebinden, mit ihren Mädchen an der Hand, Jesus-People.
»Wie merkwürdig«, sagte Henderson, » warum können wir nur wieder wählen zwischen Marx und Jesus? Beides sind Juden.«
»Machen Sie was«, sagte Dr. Löwinger. »Was wollen Sie machen?«

13

Nach einigen faulen und nachdenklichen Tagen kam Dr. Schiefels mit Masi Hendersons Wagen nach Hamburg zurück. Sie stellte den großen blauen Cadillac in der Garage ab und benutzte dann wieder ihren Volkswagen. Bisher hatte ihr dieser Wagen genügt zu Fahrten ins Krankenhaus, zu ihren Patienten, zu kleinen sonntäglichen Ausflügen in die Umgebung Hamburgs, in die Heide oder an die Ostsee. Jetzt gefiel ihr der Wagen nicht mehr. Wieviel besser war es, auf einen Knopf zu drücken, die Fenster gingen herunter, auf kleinstem Raum drehte sich der Wagen mühelos, schob sich spielend in die Parklücke, der Motor war kaum zu hören, die Gänge schalteten sich von selbst, es war nicht heiß oder kalt, sondern es gab Mittelwege, feine Unterschiede, die genußvoll waren. Und der Geruch im Wagen! Das war fast die Hauptsache, der Geruch der dunkelblauen Lederpolsterung, auf der immer nur Frauen mit teuren Parfüms und teuren Pelzen gesessen hatten. Alle diese Vergleiche, diese unablässigen Gedanken verwandelten ihr Leben, ohne daß sie zu Anfang selbst genau wußte, wie gründlich und wie schnell diese Umwandlung nach ihrer Salzburger Reise stattfand.

Sie rief eine Firma an, von deren Inhaberin hatte sie gehört, eine tüchtige Frau, sie würde ihr eine neue Praxis besorgen, Leinpfad, Blick zur Alster, im zweiten Stock, Lift, weißes Linoleum, weiße Türen, grüne Waschbecken, eine Wand einreißen, zwei neue einziehen, Blumen in Marmorkübeln, Marmor auf den Fensterbänken, Bestrahlungszimmer, zwei junge Mädchen in Weiß am Empfang und im Sekretariat. Schwester Irma, die acht Jahre bei ihr gewesen war, kam nicht mehr mit.

»Frau Doktor, wozu machen Sie das bloß alles? Das kostet doch soviel Geld, soviel Geld haben Sie doch gar nicht.«

»Ich leih es mir. Die Bank gibt mir Kredit. Es gibt soviel Kredit, wie man haben will.«

»Ja, aber Sie müssen doch einmal alles wieder zurückbezahlen, das sind doch sicher über hunderttausend Mark.«
»Einhundertundvierzigtausend.«
»O Gott, nein, das kann nicht gutgehen, bleiben Sie doch, wo wir gewesen sind, in einigen Jahren kaufen Sie sich dann eine Eigentumswohnung.«
Idiot, dachte sie, Idiot, ich will keine Eigentumswohnung, ich will eine Praxis haben.
Als sie abends allein war, stellte sie sich vor den Spiegel und betrachtete sich kritisch. Es war kein Körper, der mit Arden- oder Rubinstein-Creme und mit der Liebe eines zärtlichen Ehemannes gepflegt war: ›Bleib doch im Bettchen, Schatzi, ich bringe dir ja alles, wozu willst du dich bemühen.‹ Das war es nicht. Es war der Körper einer Frau, die sich immer anstrengen mußte, ihre Arbeit zu erledigen und ihr Geld zu verdienen. Sie suchte bei sich nach Zeichen, nach Verheißungen, nach Metaphern des Aufstiegs und der unbegrenzten Möglichkeiten und wurde ungeduldig, als sie nichts fand. Sie war nicht lang, nicht schlank genug. Haut und Knochen mußte man sein und dann Gold und Seide darübergehängt – außerdem sehe ich viel zu deutsch aus, ich sehe deutsch aus, das ist nichts, Europäische Wirtschaftsgemeinschaft, EWG, EG, Brüssel, London, Paris.
Sie ging zum Friseur und ließ sich die Haare schneiden. Als ihr die Haare gewaschen wurden, erinnerte sie sich, daß sie kurze Zeit nach dem Krieg in Tübingen bei einem Friseur gewesen war. Er hatte ihr den Kopf unter den Wasserhahn gehalten, das Wasser war kalt, gewaschen wurde mit einer billigen Seife, weil es damals noch nichts anderes gab. Und wie sie den Kopf so über das Becken heruntergehalten hatte, hörte sie, wie auf der Straße eine Abteilung der französischen Besatzung vorübermarschierte, mit Musik, mit Clairons, durch die Tübinger Straßen. Jahre später wußte sie genau, daß ihr plötzlich, ohne ihren Willen, ohne jede Absicht, das Blut in den Kopf gestiegen war, daß ihr Herz zu klopfen anfing, daß sie sich aufrichtete, ihr wildes Gesicht in dem kleinen Spiegel gegenüber sah und daß sie dachte: Hergott, diese Franzosen hier in Tübingen, was wollen die Franzosen hier in Tübingen?
Jetzt war das anders. Jeden Tag war ihr Wartezimmer voll, es wurde voller, die Zahl der Kranken wuchs immer mehr. In den Glasschrän-

ken wuchsen die Medikamente und wurden höher gestapelt, die Milliardenumsätze der Pharmazie, alles schien uferlos zu sein oder zu werden, ohne Grenzen. Das Bewußtsein ihrer Schulden verließ sie immer mehr. Nur im Traum zitterten ihr bei diesen Gedanken noch die Knie. Dann schlief sie weiter, und früh morgens gab es anderes zu bedenken.
Von Masi Henderson kam einmal eine Karte aus Ceylon. Blaues Meer und Palmen im Wind, herzliche Grüße, ich komme im August.

Es kam August. Der Monat der Löwen. Die Tiere mit dem gelben Fell, den gelben Augen, in dem gelben Sand der Wüste. Es wurde sehr heiß. Die Sonne hatte Flecken, hieß es. Riesige Eruptionen. Man konnte im Fernsehen Bilder sehen, wo auf einer roten, glühenden Scheibe Verwirrendes und Ungeheures vor sich ging. Der Funkverkehr war gestört – aber die Brieftauben verloren nicht ihre Richtung.
Es gibt große Beispiele von kleinen Rollen auf dem Theater, zu denen große Schauspieler notwendig sind. Ihr Text geht manchmal nur über eine Seite oder noch weniger. Aber was macht das, sie treten auf, alle Aufmerksamkeit des Publikums ist sofort bei ihnen, und sie schieben die Handlung vorwärts oder verteilen neue Schwerpunkte, aus denen, wie aus einem frischen, hoch aufspringenden Springbrunnen, neue Situationen und neue Verwirrungen oder Klärungen entstehen – bis sie wieder in der Kulisse verschwinden. So der Pförtner in »Macbeth«, der in der Morgenfrühe das Tor öffnet, um Macduff und Lenox in das Schloß von Macbeth hineinzulassen:
»Poch, poch – keine Ruhe! Wer seid ihr? Aber hier ist es zu kalt für die Hölle. Ich dachte, ich wollte von jedem Gewerbe einige hereinlassen, die den breiten Rosenpfad zum ewigen Freudenfeuer wandeln. – Gleich, gleich! Ich bitt euch, bedenkt doch, daß der Pförtner auch ein Mensch ist.«
Oder der Totengräber in »Hamlet«, der das Grab für Ophelia gräbt, bevor Hamlet und der Hof auftreten:
»Soll die ein christliches Begräbnis erhalten, die vorsätzlich ihre eigene Seligkeit sucht?«
Oder der Auftritt des Chauffeurs im »Familientag« von Eliot, der die entscheidenden Sätze des ganzen Stückes sagt, obgleich er nur wenige Minuten auf der Bühne ist.

Hunderte Beispiele.
Und schnell noch, nicht zu vergessen: Mascha, ein junges Mädchen, in der »Möwe« von Tschechow. Sie trägt ein schwarzes Kleid und sitzt auf einem Stuhl im Haus, als ein Besucher kommt.
»Warum tragen Sie ein schwarzes Kleid?«
Mascha: »Ich beklage mein verlorenes Leben.«
Diese Rollen sind wie Sternschnuppen, sie tauchen auf, ah, sagt man, ah, wie schön, so golden, goldglänzend jagen sie am Nachthimmel vorüber und sind fort, verschwunden im All oder im Nichts.
Doch ab und zu fällt es einem wieder ein. Was sagte sie? »Ich beklage mein verlorenes Leben.«
Doch jetzt ist hier von Maria die Rede. Maria, dreißig Jahre, aus Monschau in der Eifel. Eine flache Gegend zwischen Düren und Aachen. Es geht schon nach Holland hinüber. Sie hatte die Stadt längst verlassen. Zuerst war sie Verkäuferin, ein junges Mädchen mit einer zarten Figur und einem kleinen runden Busen. Freundlich, aber nicht gefällig, meistens war sie allein. Ihr verdientes Geld bewahrte sie in einem Lederportemonnaie auf, das an einer Lederschnur um ihren Hals hing. Als nichts mehr hineinging, wagte sie schließlich, in eine Bank zu gehen. Dort traf sie einen freundlichen, älteren Herrn, der gern seine Hand auf ihren kleinen, runden Arm mit der goldbraunen Haut legte.
»Nein, nein, Sie haben ja zwei verschiedene Augen, das eine ist blau und das andere ist braun. Wie merkwürdig.« Sie lächelte. »Ja«, sagte sie, »ich weiß« und zog ihren Arm von seinen Fingern wieder zurück.
Als sie genug Geld zusammengespart hatte, kaufte sie sich ein Obstgeschäft in Hamburg, in der Mönckebergstraße. Sie verkaufte Äpfel, Apfelsinen, Pflaumen, Erdbeeren, Zitronen, Pampelmusen, Paprika und eingesalzene Kälberfüße für die Italiener. Abends versammelten sich die Gastarbeiterinnen, die in der Nähe arbeiteten, oft bei ihr, saßen auf dem dunkelgrünen Plüschsofa in dem Raum hinter dem Laden und schwatzten und lachten miteinander, weinten vor Heimweh und Liebeskummer und packten Feigen und Datteln und Olivenöl in ihre Plastiktüten. Maria schloß hinter ihnen die Tür, zählte ihre Kasse, zog die Schuhe aus, weil ihr die Füße weh taten, und lief auf ihren kleinen bloßen Füßen in der Wohnung herum und war zufrieden, daß endlich alles still und sie allein war.

Außerdem hatte sie noch eine andere Aufgabe.
Sie war Knotenschürzerin.
Fadenverknüpferin.

Ihr Geburtstag, der 14. August, war ein besonders heißer Tag gewesen. Sie hatte niemand, der diesen Tag mit ihr gefeiert hätte. Sie selbst übersah ihn auch fast jedes Jahr. Es war nicht wichtig, aber sie nahm doch ihren Stuhl heraus und saß einen Augenblick vor der Tür. Dann kam noch ein Wagen und hielt. Es war Dr. Schiefels, die Weintrauben holen wollte.

»Meine Freundin kommt von der Reise zurück, wissen Sie, diese reiche Amerikanerin. Ich habe es Ihnen doch erzählt. Ich möchte ihr einen Gruß auf das Zimmer stellen.«

Maria packte die Trauben in Seidenpapier.

Dr. Schiefels fuhr fort. Und da sah Maria zwei junge Männer, die vorher schon an der Straßenecke gestanden hatten, auf sich zukommen. Sie sah sofort, daß es Ausländer waren, wahrscheinlich Italiener.

»Maria!«

»Ja?«

»Ein Brief.« Der größere der beiden hielt ihr einen Brief hin in einem weißen Kuvert, ohne Aufschrift, ohne Absender, aber sie nahm ihn. Die Italiener gingen auf die andere Straßenseite und drehten sich auch nicht mehr um.

Sie nahm den Stuhl, schloß die Tür, alles in Hast und Eile, wusch sich die Hände, trocknete sie ab und sah unterdessen immer den Brief auf dem Tisch liegen. Sie öffnete ihn und las:

5. August 1973

Ich bin in Arles. Mit Bethusy traf ich mich im Hotel Julius Cäsar, in der Nähe der früheren Arena. Diese Arena ist zum Totlachen. Ein wunderbarer Bau. Ein großartiges Rund mit alten, steinernen Sitzen. Aber damit die Leute es heute wärmer und bequemer haben, um die Stierkämpfe und die Tanzveranstaltungen zu sehen, haben sie moderne Plastikstühle auf diesen antiken Sitzen montiert. Gräßlich. Zum Totlachen.

Verbrenne diesen Brief sofort. Ich wartete lange, bis Bethusy kam. Den Portier des Hotels kannte ich. Er ist auch aus Kesh, aber schon viel früher fort und gar nicht mehr interessiert. Bethusy brachte Geld, aber keine neuen Aufträge. Sie trauen mir nicht mehr. Sie haben recht. Sie werden mich suchen, aber nicht finden. Ich kenne so viele Schlupfwinkel. Als ich Hamilton in Paris traf, sprachen wir darüber, daß es zwei Aufstände in Europa in diesem Jahrhundert gegeben hat, die polnische Kavalerie, die gegen die deutschen Panzer anritt – ich glaube, es war das Jahr 1939 –, und unser Versuch in Ungarn. Beide sinnlos, ganz sinnlos. Alles. Hamilton merkte meine Wut und meine Verzweiflung. Ich glaube, sie mögen mich nicht mehr. Die Wohnung in Arles fand ich ganz zufällig. Niemand weiß, daß ich hier bin. Es steht nur ein Bett darin und eine blaue Holzbank, die ich von der Terrasse fortgenommen habe. Ich ging durch die Straße, und da sah ich ein Schild: Apartment à louer. Ein Zigarrenhändler zeigte mir die Wohnung. Sein Geschäft ist im Parterre. Er war in Budapest mit dem Ferienbus. Alles wie früher, sagte er, es ist alles wie früher. Die Ungarn sind lustige Leute.
Wenn es möglich ist, würde ich gern mit Dir nach Kanada gehen, nach Britisch-Kolumbien. Die Hauptstadt Vancouver liegt am Pazifik, am Pazifischen Ozean. Viele Engländer sollen dort leben in schönen Häusern mit kleinen Gärten und vielen Blumen, dort wollen wir hin.
Ich tue es nie mehr. Ich konnte mich tagelang von Genf nicht trennen. Die Eltern der Spanierin reisten nach zwei Tagen ab. Der Vater des Amerikaners blieb länger. Ich beobachtete ihn, wie er immer wieder am See stand, mit den Leuten sprach und später ins Hotel ging. Es war das letzte Mal. Ich kann es nie mehr.
Ich glaube auch nichts mehr von ihren Geschichten. Das war nur am Anfang, als sie mich aufnahmen, gleich hinter der Grenze, und ich, rasend, irrsinnig, schreiend und verwundet, ihnen in die Arme fiel und immer glaubte, neue, größere Hilfe würde kommen und ich könnte wieder zurück. Merkwürdig war nur, daß das, wozu sie mich brauchten, so einfach ging. Ich lernte alles mit Leichtigkeit, schieß, schieß, und triff, triff, getroffen, lauter Treffer. Begabt, sagten sie, der Ungar ist begabt. Und genau das, was ich nicht wollte, Gewalt, Gewalttaten, Vergewaltigungen, gerade das kam mir wieder entgegen und breitete die Arme aus mit falschen Küssen und Tränen und ich, blind und

jung, merkte nichts und blieb, anstatt zu laufen, so weit ich nur konnte.
Auch mit der Spanierin ging es ganz einfach. Sie war ja gar nicht gemeint. Ein junges Mädchen, aber sie wollten ihren Vater treffen. Durch sie ihren Vater verletzen, verwunden, ausschalten. Ich kannte ihn nicht, hatte auch nie von ihm gehört. Eine einfache Sache, dachte ich. Als die beiden von dem Bootssteg losgesegelt waren, nahm ich ein größeres Motorboot und hatte sie schnell eingeholt. Es waren nicht viele Boote unterwegs, trotz des schönen Wetters. Ich umkreiste sie mehrere Male, sie winkten mir zu, und ich winkte zurück. Der Mann sah so aus, daß man verstehen konnte, wie nach dem Krieg in Europa viele Leute dachten, die Amerikaner sind die Besten von der Welt. Und sie war schön. Einfach schön. So schmal in den Schultern, daß ihre langen, dunklen Haare viel breiter waren als ihr Rücken und nach vorn fielen. Sie hatte ein Band im Haar, es war ein hellrotes Band, ich sehe es noch genau. Durch die kurze Bö eines nahenden Gewitters kamen sie ganz dicht an mich heran. Es war zwischen uns nur zwei oder drei Meter Abstand. Er begriff erst gar nichts, als sie ihm in die Arme fiel und er, um sie zu halten, mit ihr zusammen über den Rand des Bootes in das Wasser sank. Er hatte das Ruder losgelassen, und die gleiche Bö trieb das jetzt leere Boot über den See. Ich sah mich um, ich glaube, niemand hat so schnell etwas bemerkt. Sie fiel ganz langsam vornüber. Ich war aufgestanden, weil ich das alles nicht zum erstenmal sah, dieses langsame Fallen, aber jetzt war alles anders, es schien mir, als hätte ich etwas Unbeschreibliches verletzt, einen Teil der Welt, etwas Unantastbares. Ich wollte rufen, ihnen nachspringen in das Wasser, aber ich tat es nicht. Ich fuhr zurück. Ein Junge befestigte das Boot wieder an einer Boje, ich bezahlte und ging.
Gib keine Briefe mehr für mich auf. Mach keine Treffpunkte mehr aus, nicht mehr, nie. Ich schlafe nicht, keine Nacht.
Der Italiener, der Dir diesen Brief bringt, schien mir zuverlässig. Ich traf ihn in Rom. Er schlenderte über die Straße, gefolgt von einem Schwarm anderer Jungen. Er fiel mir auf, weil er an allem so desinteressiert war. Groß, schwarzhaarig, mager wie ich, schien er mir überhaupt zu ähneln, angefüllt mit Wut und Haß, über wen oder was, man weiß es nicht, über alles. Ziellos, richtungslos, und doch getrieben von einer Gewalt, die man nicht kennt und nur fühlt. Bedenkenlos und un-

bedenklich, und kein Leben wichtiger als eine tote Fliege auf der Fensterbank.
Meine liebe Apfel- und Aprikosenverkäuferin, ich habe eine Fähigkeit, die mich, trotz meines lächerlichen Daseins, glücklich macht. Ich kann mir jederzeit vorstellen, daß Du neben mir bist. Zu Hause ist alles wie früher. Die Ferienbusse fahren, und die Zigeuner machen Musik.
Ich laufe hier stundenlang in der Wohnung herum. Abends gehe ich manchmal fort. Ich werde versuchen, so schnell wie möglich zu Dir zu kommen. Hier sind viele junge Leute mit ihren Wagen. Sie kommen aus der Camargue und von St. Marie de la Mer. Vielleicht nimmt mich irgend jemand mit, es wäre das einfachste und ungefährlichste.
Schick noch einmal einen Brief an die Pariser Adresse, und wenn es möglich ist, laß ihn auch in Paris aufgeben. Lege ein Blatt weißes Papier hinein, sonst nichts. Sie sollen Bescheid wissen.
Manchmal kann ich mir vorstellen, daß Du da bist, Deine Knie, Deine Arme, die Biegung der Arme, wo unter der Haut die hellblauen Adern zu sehen sind.
Adieu, vergiß mich nicht.

Jenö

Maria hatte den Brief zu Ende gelesen. Sie legte ihn fort und blieb bewegungslos auf ihrem Stuhl sitzen. Mit Zärtlichkeit und behutsam nahm sie die Blätter mit den eiligen und stürmischen Schriftzeichen dann wieder auf und hielt sie an ihr Gesicht, an ihren Mund, legte sie auf ihre Augen und schloß die Augen, wie in einer starren und leblosen Erschütterung einer Umarmung, nahm dann den Brief, zerriß ihn in kleine Stücke und sah zu, bis sie im Ofen verbrannt waren.

Am nächsten Morgen waren die beiden Jungen, die den Brief gebracht hatten, wieder da. Nebenan war ein Handarbeitsgeschäft, dort blieben sie stehen, sie sahen in die Auslagen, lachten, stießen sich an, zeigten auf die Kopfkissen mit den Kreuzstichen. Bis Maria vor die Tür kam und fragte:
»Was wollt ihr?«
»Bißchen arbeiten.«
»Ja? Na kommt herein.«

14

In der folgenden Zeit kam es öfter vor, daß Henderson abends sein Haus verließ. Er nahm seinen Mantel, schmiß den Hut hinten in den Wagen, fuhr in eine Bar, trank etwas, trank viel und ließ sich dann von einer Taxe dorthin fahren, wo er tanzen konnte. Er tanzte auch, fühlte die Körper von jungen Mädchen, sah in ihre Augen, hörte ihre frechen Worte. Nein, sagte er, das ist zu dumm, das ist doch wirklich zu dumm, ich fahre nach Hause.
Nach einigen Tagen machte er wieder einen Versuch. Ich will es ruhig versuchen, dachte er, ich muß mir Mühe geben, man kann nicht alles gleich auf einmal fertigbringen. Ich will mir Mühe geben, mit anderen Menschen zusammen zu sein. Ich will mit einem hübschen Mädchen zu Abend essen, ich will mit einem hübschen Mädchen den Abend verbringen.
Er fand auch eine. Sie saß in einer Bar und strickte an einem hellgrünen Pullover. Sie hatte nicht viel zu tun. Es waren wenig Gäste dort. Er setzte sich neben sie. Sie war fast so groß wie er, trug Blue jeans, einen weißen Pullover, hatte hübsche blonde Haare, große helle Augen und einen ausgeprägten Mund. Sie war aus Schweden und arbeitete in Amerika, um das Land kennenzulernen. Wenn sie genug Geld hatte, wollte sie wieder zurück.
»Und was machen Sie dann?« fragte er.
Sie zuckte mit den Schultern und lachte und sagte: »Das weiß ich noch nicht.« Irgend etwas würde sie tun, etwas, was Spaß machte.
»Haben Sie keinen Plan«, sagte er, »nach dem Sie Ihr Leben verbringen, oder keine Überlegungen, wie es weitergeht?«
Nein, einen Plan hatte sie nicht, wozu, das war altmodisch. Sie würde das tun, was Spaß macht.
Sie tranken zusammen, und während sie sich unterhielten, strickte sie immer weiter.
»Was soll das werden?« fragte er.

»Ach, ich weiß gar nicht, ob ich es fertigbringe, aber es ist so langweilig, hier zu sitzen. Irgend etwas wird es schon werden, und sonst werfe ich es wieder weg.«
Als die Bar geschlossen wurde, nahm er sie mit sich. Es war alles ohne Komplikationen. Sie war nett, lustig, und ihm gelang es danach, für einige Stunden durchzuschlafen und sich von allen anderen Gedanken zu befreien. Er sah das Mädchen noch einige Male und lud sie sogar zu einer Reise ein. Dann sah er, wie sie in Acapulco, wo sie einige Tage verbrachten, sich mit einem jungen Mann traf und mit ihm verschwand.

Zu Hause war er wieder allein. Aber unentwegt, immer wieder tauchte ein Gedanke in ihm auf, den er nur nie zu Ende dachte, an den er sich nicht richtig heranwagte und von dem er doch genau wußte, daß es seine einzige Möglichkeit war. Er ging an seinen Schreibtisch und holte den Brief heraus, den Vincent geschrieben hatte:
»Vergiß sie sofort, vergiß sie endgültig, ich will es auch tun.«
Er warf den Brief wieder in die Schublade, schloß den Schreibtisch ab und flog nach New York, bestellte eine Passage nach London und einen Rückflug für zwei Personen. Er verbrachte einen Tag in London, ging im Hyde-Park spazieren und mietete sich einen Wagen und fuhr nach Schottland hinauf. Es waren schöne warme Tage. Schottland erschien ihm wie ein Paradies. Eine kurze Zeit verbrachte er in einem kleinen Gasthaus. Er ging spazieren, er umfuhr das Schloß mit dem Wagen, den großen Park, sah Hunde im Park, sah zwei Männer spazierengehen und sah Pferde grasen. Dann kam ein Regentag. Er blieb zu Hause, er ging kaum vor die Tür. Abends klärte sich das Wetter auf, nachts kamen Sterne. Ein frischer Wind mit den Gerüchen von Moor und Wald. Morgen früh, dachte er, morgen früh gehe ich hin, endgültig morgen früh. Er kannte die Gewohnheiten seiner Frau besser. Er wußte besser Bescheid als sein Sohn.

Sehr früh am nächsten Tag saß er auf einer Bank, die von einer Weide fast zugedeckt war. Er saß dort, wartete ruhig, obgleich er fühlen konnte, wie sein Herz klopfte. Ich bleibe ruhig, sagte er, ich bleibe ganz ruhig, was auch geschieht. Es dauerte nicht lange, und aus der Tür im Südflügel kam eine Frau heraus, eine Frau in einem Morgenrock mit zotteligen blonden Haaren, die ihre Hausschuhe auszog, als sie den Kiesweg überquert hatte und mit ihren bloßen Füßen auf dem Rasen stand. Dann ging sie weiter, fühlte mit der Hand in das feuchte Gras, richtete sich wieder auf, sah umher, fand aber nichts, was anders war als sonst, blieb einen Augenblick stehen, legte den Kopf in den Nacken und ging weiter. Die Frau war alt. Sie hatte einen dicken Bauch, ihr Gesicht war aufgeschwemmt, ihre Beine waren dicker geworden – aber sie war es. Macht nichts, sagte er, es macht alles gar nichts, es ist Madeleine. Er wartete, bis sie auf dem Rasen so weit gegangen war, daß sie den See erreichte, sich die beste Stelle zum Baden aussuchte, sich auf die Erde setzte und die Füße ins Wasser hängen ließ, um zu sehen, wie kalt oder warm das Wasser war. Es waren nur wenige Schritte, bis er bei ihr war. Er nahm sie in die Arme, hob sie auf.

»Sei still«, sagte er, »sei ganz ruhig.«

Er trug sie in das Auto. Er setzte sie hinten in den Wagen, dann stieg er auch ein.

»In dem Koffer sind Kleider von dir, Kleider von früher. Nimm dir alles heraus. Ich habe sie für dich mitgebracht.«

Jetzt, als sie im Morgenrock hinter ihm saß und ihre Augen sich im Spiegel trafen, der über seinem Sitz im Wagen hing, erschrak er. Sie starrten sich beide im Spiegel an, minutenlang – ihre immer noch blauen Augen. Aber die heruntergesunkenen Augenlider, das schwammige Gesicht, der veränderte Mund, der Hals, die dicken Schultern. Aber das war nur einige Minuten lang. Sie schloß die Augen, er sah geradeaus auf die Straße, sie fuhren zusammen weiter.

Als sie zu Hause angekommen waren, ging eigentlich alles wie früher. Sie schlich herum im Haus, von einem Zimmer ins andere. Zuerst blieb sie tagelang unsichtbar, ließ sich zu essen und zu trinken bringen, schickte das meiste ungegessen und ungetrunken in die Küche zurück. Aber sie war da. Danach fing sie an, in den Garten zu gehen. Frühmorgens, wie sie es immer getan hatte. Wahrscheinlich wußte sie, daß er oben am Fenster stand und sie beobachtete. Aber sie schien sich nicht darum zu kümmern. Sie blieb vor einigen Blumen stehen, sie sah zum Himmel auf, dann ging sie ins Haus zurück und holte eine Decke und legte sich irgendwo hin, hatte ein Buch und begann zu lesen. Oder sie setzte sich wieder auf, die Knie angezogen, legte die Arme um die Knie und sah hierhin, dorthin, ins Nichts. Manchmal saß sie nachmittags in der Küche und trank mit der Köchin Kaffee. Das hatte sie schon immer gern getan. Die Köchin hatte Kaffee gemacht, stellte Kuchen und Sahne, alles vor sie hin, sie trank den Kaffee. Die Köchin fing an zu erzählen. Madeleine hörte zu. Er wußte nicht, wovon sie sprachen, manchmal lachten die beiden zusammen. Dann war wieder alles still, und sie ging still aus der Küche hinaus. Dann begann sie in ihrem Schrank herumzuwühlen, zerrte ihre Kleider heraus, die Pelze, die Seidentücher, die Wäsche, schmiß alles auf den Fußboden, wühlte darin herum, schmiß alles wieder in die Schränke zurück und behielt den Morgenrock an, den sie immer trug, damit man nicht sehen sollte, wie dick und unförmig sie geworden war.

Dann sagte er: »Hör zu, du könntest heute abend etwas länger dableiben und mit mir auf der Terrasse sitzen.«

Sie zuckte mit den Schultern:

»Ja, wenn du willst, wann soll es sein?«

»Nach dem Abendessen«, schlug er vor.

»Ja, ja.« Ihr war es gleich.

Sie watschelte davon, und abends saß sie genauso am Tisch, wie sie morgens durch den Garten gewandert war. Er stellte ihr einen Liegestuhl zurecht, er holte Decken und Kissen aus dem Haus, er hob sie hoch und legte sie in den Stuhl. Er deckte sie zu, stellte einen Gartenschirm an ihre Seite, weil es windig war, und rückte seinen Stuhl direkt daneben.

»Gib mir deine Hand«, sagte er.

Da sie sich nicht rührte, nahm er ihre Hand aus der Decke heraus und hielt sie fest.

»Ich bin allein«, sagte er. »Ich habe alles getan, was ich glaube tun zu können. Ich konnte dir nicht helfen, ich konnte Masi nicht helfen, und unser Sohn ist tot. Du bist nicht mehr die Frau, die ich in Innsbruck getroffen habe, die ich geliebt habe vom ersten Augenblick an, als ich dich sah. Du bist es nicht mehr, aber du wirst es wieder für mich sein. Du wirst bei mir bleiben, und ich werde bei dir bleiben, solange ich lebe.«

Sie hatte ihren Kopf weggewandt.

»Hast du mich gehört«, sagte er. »Hast du mich gehört?« Sie schüttelte den Kopf, sie sah aus, als ob sie schreien wollte, dann drehte sie sich zu ihm, so nah, so dicht, wie sie nur konnte.

»Ich war ja erst einen Tag wieder in Schottland, als du kamst. Ich war fortgefahren. Ich hatte gehört, daß Vincent ertrunken ist. Ich wollte in die Schweiz, ich wollte dorthin. Ich weiß nicht mehr, durch wen ich es gehört habe. Dann wollte ich hierher, aber ich hatte Angst. Und ich bin überall herumgefahren und war in Basel, in einem Hotel. Direkt unter meinem Fenster floß der Rhein vorbei. So schnell, so ruhelos, der breite, große Fluß. Ich saß am Fenster, ich wollte nicht einschlafen, weil ich... Ich dachte, ich springe ins Wasser. Ich war gescheitert. Ich hatte kein Gefühl mehr, alles was gewesen war, hatte mit mir gar nichts zu tun und hätte sich genausogut anders ereignen können. Das Gegenteil. Aber wo war ich selbst, die Person, die ich einmal gewesen bin? Schon ausgelöscht, bevor ich den Mut hatte, das selber einzusehen oder zu wissen, und dieser verzweifelte Trieb, anerzogen oder angeboren, fest in mir beharrend, nicht abzutöten, die Höhe des Himmels, wo war sie? Nie eine Antwort. Ich habe mich festgehalten, ich habe mich festgebunden am Stuhl, um nicht das Fenster zu öffnen und dem einzigen Wunsch zu folgen, den ich hatte, in das blanke, schnelle, glitzernde Wasser hineinzugehen.

Dann kam endlich der Morgen.

Wenn ich nicht in Schottland gewesen wäre, als du kamst, und du hättest mich nicht gefunden...«

»Das hätte mir nichts ausgemacht, weil ich dich liebe. Ich hätte dich überall gesucht und ich hätte dich überall gefunden.«

15

Es war selten vorgekommen in Hamburg, daß es einen ganzen Monat, dreißig Tage, voll Sonne und ohne Regen gab. Die Menschen wunderten sich über diesen Sommer, freuten sich, waren verwirrt, die Sonne ging auf, und die Sonne ging orangerot unter, Tag für Tag, erstaunlich, ungewohnt. Was bedeutet das? Alles zusammen, Sommer, Sonne, gab der Stadt eine Art von Euphorie, eine neue Heiterkeit, Entspanntheit. Die Geräusche tönten anders, der Lärm aus dem Hafen klang anders, gedämpfter, milder. Die Glocken läuteten anders, die trockene, hohe blaue Luft verwandelte alles. Nachts kamen leichte, warme Winde über das Wasser, keine Wolken. Im Morgendämmern war das auch vorbei, die Luft wieder frisch, ein neuer, heißer, sonniger Tag.

Dr. Schiefels telefonierte mit einem Kollegen über eine gemeinsame Patientin. Es klingelte an der Tür. Die Angestellten waren fort, Masi, die die Ärztin abholen wollte, ging, um zu öffnen. Draußen stand ein junger Mann und streckte ihr einen Korb mit Obst hin:
»Von Maria«, sagte er, »ist bestellt.«
Er blieb einen Augenblick stehen, die Dame hatte den Korb in Empfang genommen, aber sie schloß noch nicht die Tür. »Danke«, sagte sie, muß ich noch etwas bezahlen?«
Er schüttelte den Kopf: »Italiener«, sagte er, »keine Sprache. Name Sandro.«
»Ach, woher kommen Sie denn?«
»Aus Rom, nein, Sizilien, aber zuletzt Rom.«
»Danke«, sagte Masi noch einmal, »vielen Dank.«
Er drehte sich um, um zu gehen. Auf dem Treppenabsatz blieb er wieder stehen, weil er gemerkt hatte, daß sie ihm nachsah. Dann schloß Masi die Tür. Den Obstkorb setzte sie in der Küche ab. Dr. Schiefels telefonierte noch immer. Sie hörte die helle, hastige Stimme, sie ging

an das geöffnete Fenster, man konnte von oben auf die Gärten der Umgebung sehen, die Weiden am Wasser, die Boote auf dem Wasser, die hellen Kleider auf dem Rasen. Rufen und Schreien von Kindern, Radio, und auf dem Wasser am frühen Abend plötzlich eine breite goldene Spur. Der Mond war gekommen.

Als Masi mit Dr. Schiefels fortgegangen war und mit ihr beim Essen saß, fiel ihr plötzlich ein, wo sie den Jungen schon gesehen hatte. Sie lachte: »Ach ja, jetzt weiß ich's, bei dem Fest für Circe in San Felice. Er war mit seinem Bruder zusammen. Vincent war auch da. Die beiden Jungen kannten niemand, sie standen zuerst nur so herum, da fing der eine, der Blonde, an zu singen, rührend unbeholfen, aber so begeistert und intensiv, weil er uns eine Freude machen wollte. Wie merkwürdig, daß ich ihn jetzt wieder treffe.«
»Hat er Glück?« fragte Dr. Schiefels. »Ein Glückskind, ist es jemand, wie Sie ihn immer gesucht haben und bisher nicht fanden? Kommt er mit auf die Weltreise?«
Masi hielt sich die Weinkarte vor das Gesicht, sie fühlte, wie sie errötete. Was hat diese Ärztin für eine Stimme, was für eine scheußliche, kalte Stimme, hätte ich sie doch nie getroffen, nie gesehen. Dann ließ sie die Karte sinken, reichte sie Dr. Schiefels und sagte:
»Bitte suchen Sie sich etwas aus, etwas, was Sie gerne trinken.«

Dr. Schiefels, aufgeregte, angestrengte Kupplerin sprach ein paar Tage danach mit Maria: »Also, Miß Henderson kommt gegen zwei Uhr, schicken Sie doch bitte Sandro mit einem schönen Korb herüber, Ananas- und Williams-Birnen. Also, ich sage Ihnen, sie freut sich bestimmt, wenn sie ihn sieht.«
Maria packte das Obst ein und, während sie Lorbeerzweige und rosa Rosen dazu dekorierte, überlegte sie, ob sie nicht besser Gino schikken sollte. Der Brief mußte doch in Paris eingesteckt werden, wie Jenö es wünschte, der Brief war im Augenblick für sie das Wichtigste auf der Welt. Würde Sandro, der kleine Sänger, die singende Amsel, die nur herumflattert und sehr flüchtige Nester baut, würde dieses Vögelchen eine so wichtige Sache in Paris nicht vergessen und sofort erledigen?
Nein, er würde es nicht tun.

Sie rief Gino.
»Gino, komm her. Nimm eine Taxe, es eilt. Bring diesen Korb in die Praxis am Leinpfad, und beste Grüße.«

An diesem Tag war es schon sehr heiß in der Frühe. Masi war aus der Stadt herausgefahren, nach Blankenese. Dort gab es schöne Parks mit Spazierwegen und kleinen Seen, auf denen Enten und Wasservögel herumflatterten. Als sie den Park verließ, kam sie an einer kleinen katholischen Kirche vorbei: Maria Grün. Sie ging hinein, die Messe hatte kaum begonnen, aber sie verließ die Kirche bald wieder und setzte sich auf eine Bank, die draußen für die Besucher unter den Bäumen stand.
Ihr war eingefallen, wie sie zuletzt mit ihrer Mutter und Vincent in Washington in der Morgenmesse gewesen war. Ihre Mutter war plötzlich aufgestanden und hatte die Hände ihrer Kinder ergriffen und war mit ihnen schnell fortgegangen. Sie sprach nichts, aber während die Kinder sie ansahen, merkten sie, daß ihre Mutter unentwegt weinte. Sie setzte sich mit ihnen auf eine Bank, ähnlich dieser hier, küßte die Hände ihrer Kinder, warf den Kopf in den Nacken und sagte: »Wir gehen nie mehr. Wir werden nie mehr dorthin gehen. Zu Hause, früher, da gab es einen Priester, ein alter dicker Mann, er mußte gestützt werden, um die Stufen zum Altar hinaufzukommen, aber unsere Liebe und Verehrung für ihn waren unbeschreiblich. Er opferte sich selbst in dem Augenblick des Opfers, das er an uns austeilte. Ich bin nie mehr einem ähnlichen Priester begegnet. Und ich habe es so sehr gewünscht.«
Warum erinnerte sich Masi jetzt daran so genau, daß sie glaubte, die Stimme ihrer Mutter zu hören? Auf einmal stand sie auf. Sie ging zu ihrem Wagen und fuhr in die Stadt zurück.
Dr. Schiefels stand mit einem jungen Mann in der Tür und schien sie schon zu erwarten.
»Das ist Gino, der Bruder von Sandro«, sagte sie, »er bringt etwas Schönes für Sie. Sehen Sie nur, wie hübsch Maria alles wieder gemacht hat!«
Der Italiener machte eine Verbeugung und hielt ihr den Korb entgegen. Die Rosen dufteten.
Und Masi dachte... Was dachte sie? Sie dachte... Ich weiß, ich sitze in

einer Falle, die haben die beiden aufgestellt, und nun schnappt diese Falle zu...
Und sie sah die beiden an und lächelte.

Von dem Hamburger Flughafen Fuhlsbüttel ging das Flugzeug um 16.10 Uhr nach Düsseldorf. Dort mußten sie noch einmal umsteigen nach Paris. Der Flug war pünktlich, schönes Wetter, Musik an Bord, Kaffee oder Tee in kleinen Bechern wurde angeboten, Zeitungen und Illustrierte. Kaum Zeit, irgend etwas genauer zu betrachten, da waren sie schon in Düsseldorf und hatten einen kurzen Aufenthalt und stiegen dann am Spätnachmittag in die Boeing nach Paris.

Dr. Schiefels saß am Fenster, Masi in der Mitte, Gino auf dem Platz neben dem Gang. Drei Reihen vor ihnen, der dritte Platz, auch am Gang, blieb zuerst frei, dann war da ein älterer Herr, ein Geschäftsmann, vielleicht ein Rechtsanwalt aus Spanien oder aus Südfrankreich, der sich dort hinsetzen wollte. Er sprach französisch, »Non, merçi beaucoup, pas de café, pas de journal«, eine leise Stimme, ganz unauffällig. Bevor er sich setzte, hatte er sich umgesehen – welche Plätze sind noch frei? Fast alles besetzt. Er legte einen dunkelblauen Mantel sorgfältig in die Ablage, den Hut darüber. Dann setzte er sich. Aber er wurde zur Seite geschoben von einem kleinen amerikanischen Jungen, der sich, klein und mager wie er war, auf den Platz drängte und den bisherigen Besitzer fortschob, der etwas unwillig, aber doch auf den Platz nebenan rückte. Der Junge hatte den Kopf glatt geschoren und trug einen weißen Matrosenanzug. Man konnte sich vorstellen, wie lange er seine Mutter gebeten hatte, diesen weißen Anzug zu bekommen. Aber er sah fremd darin aus zwischen den anderen, die Zeit für diese Anzüge war schon Jahre vorbei. Der Junge saß jetzt hinter seiner Mutter und versuchte unentwegt, sie zum Umdrehen zu bewegen und sich mit ihm zu beschäftigen. Er riß ihr die Schleife aus dem Haar. »Oh, no, Spencer, no, don't do that.« Er kniff sie in den Arm, er setzte sich ihr auf den Schoß, dann zurück auf seinen Platz, dann trabte er im Gang herum, lief zur Toilette, lief zurück, wollte zum Fenster, wollte zu trinken, schrie auf, als die Maschine zum Start anrollte, zerrte seine Mutter und tat ihr weh. »Darling, no, please.« Eine nervöse, entmutigte Stimme. Aber bevor die Stewardeß eingriff, war ein Mann aufgestanden, der ziemlich weit hinten gesessen hatte, den Jungen hochhob, ihn neben seine Mutter schob und selber dann auf dem wieder frei gewordenen Sitz Platz nahm. Er entschuldigte sich, als er an Gino vorbeiging und ihn aus Versehen mit dem Arm berührte: »Entschuldigen Sie.« Er war scheinbar ohne Mantel, ohne Hut, das karierte Hemd hatte er aufgeknöpft. Kein Gepäck, nur ein schmaler Lackkoffer, aus dem er ein Buch herausnahm und aufschlug.

Dr. Schiefels sah unentwegt aus dem Fenster. Sie hatte sich zu trinken geben lassen, schon jetzt eine halbe Flasche Champagner. Sie hielt das Glas in der Hand und trank in kleinen Schlucken. Die Musik aus dem Lautsprecher kannte sie. »Spanish eyes. And my Spanish eyes will wait for me.« Es schien ihr, als ob sie an einem Höhepunkt, auf dem Gipfel ihres Lebens angekommen sei, endlich. Die Reise, die vor ihr lag, die Hotels im Süden, geschützt von grünen Hecken, umgeben von Gärten in Rosa und Weiß, die weißen Stühle im Garten nachmittags, das leise, gedämpfte Geklirr der Kaffeetassen, die frischen weißen Gedecke am Abend, Kerzen auf dem Tisch, das Geklirr der Weingläser und die Eisstücke in den Behältern für die Weinflaschen. Sie würde das neue Kleid anziehen, das hellgrüne, sie seufzte vor Wohlbehagen und drehte sich zu Masi, dieser unglaublichen Erscheinung in ihrem Leben, die alles verändert hatte und alles weiter verändern würde.

Masi hatte ihr Necessaire geöffnet, außer Parfüm hatte sie den Schmuck hineingelegt, den sie mitnehmen wollte, eine Perlenkette, drei Ringe, zwei Armbänder. Gino zog die Ringe über seine Finger, sie paßten. Die Armbänder über die Handgelenke, sie paßten auch. Er drehte seine Hände hin und her, sie lachten zusammen. Er legte seine Hand wie zufällig auf Masis Knie, einen Augenblick nur. Dr. Schiefels sah es und sah auch, wie Masi das Bein sofort zurückzog. Aber dann lachte sie wieder, und die Ärztin sah wieder aus dem Fenster. Jetzt kam die Stimme des Kapitäns, der die Gäste begrüßte, ihnen die Position, die Flugdauer und die Flughöhe bekanntgab.

Gino wollte eine Zigarette aus der Jackentasche holen, er griff in die Tasche, rechts, dann links. Da waren die Zigaretten, dann noch einmal rechts – aber der Brief, den er dort gehabt hatte, der Brief war nicht mehr da. Er schloß die Augen und bewegte sich kaum, weil er

Angst hatte, seine Überraschung merken zu lassen, er wußte genau, daß der Brief da gewesen war. Da hörte die Musik auf, ein heller Ton nur noch, einige Passagiere sahen auf – was war, warum blieb die Musik aus? Dann eine Pause, ein Geräusch aus dem Lautsprecher, ein hastiger, zaghafter Laut, als ob ein kleiner Pfropfen von einer Flasche springt.

Eine Stewardeß hatte die Tür vom Cockpit geöffnet, ein Luftzug ging durch die Maschine. Die Stewardeß sah, wie aus der Tragfläche eine Flamme herausschoß. Dann gab es einen Stoß, der die Maschine von Tausenden von Tonnen Gewicht in einzelne Teile auseinanderriß und aus der verlorenen Höhe auf die Erde zurückfallen ließ.

Der einzige Überlebende war Gino. Es war dunkel, als er erwachte und die Sirenen immer näher kommen hörte. In der Nähe mußte eine große Straße sein. Er hörte Hubschrauber, die sich entfernten und in Abständen wieder über ihm kreisten. Er hielt sich noch immer in den Zweigen des Baumes fest, in denen er hing, mit dem Bauch auf einer Astgabel liegend, und als es ihm endlich gelang, die Augen zu öffnen, sah er unter sich in der Ferne einen Streifen von Feuer und Rauch, hörte das Prasseln eines immer stärker anwachsenden Feuers und versuchte, sich von seinem Platz fortzubewegen. Wie zerschmettert erschien ihm sein Kopf, der Bauch, der Rücken schmerzte. Er versuchte, die Beine in Bewegung zu setzen, und rutschte an dem Baum hinunter, und als er ihn losließ und auf der Erde stand, fiel sein Blick auf die Ringe an seinem Finger und die Armbänder. Er stand einen Augenblick bewegungslos und lachte, und ehe er die Motorfahrzeuge näher kommen hörte, war er verschwunden.

16

Philemon und Baucis arbeiteten in ihrem Garten. Sie hatten ein kleines Haus in der Nähe von Bonn, im Vorgebirge. Sie konnten den Rhein sehen. Die Frau betrachtete kritisch die gelben Rüben, die sie herausgezogen hatte, es schienen ihr genug zum Abendessen zu sein. Sie drehte das grüne Kraut mit einem festen Griff herum, es brach ab, sie schmiß es auf einen Komposthaufen. Dann ging sie in die Küche, drehte den Wasserhahn auf, wusch das Gemüse, füllte es in ein Sieb, setzte sich an den Küchentisch und fing an, die Rüben zu putzen.
Ihr Mann hatte auch aufgehört zu arbeiten. Er wischte sich den Sand von den Händen und hörte auf das Radio, das neben ihm stand. Es war eine fremde Sprache, danach kam Musik. Vielleicht war es Türkisch, oder Griechisch, oder Jugoslawisch, oder Persisch, oder Arabisch – er konnte es nicht unterscheiden. Aber das machte nichts. Er hörte nur zu, es gefiel ihm. Auch die Musik. Und wie er so dastand und eigentlich müde war, fühlte er sich doch unendlich wohl. Eine Empfindung von Freude und unzerstörbarem Glück erfüllte ihn. Es schien ihm, als verstünde er alles was gesagt wurde.
Aber nicht nur an ihn, an alle war es gerichtet, und alle konnten es verstehen, was er verstand, und alle empfanden gleiches Glück. Die Zeitenwende. »Endlich«, sagte der alte Mann, »endlich, es war aber auch die höchste Zeit. Auge um Auge, Zahn um Zahn. Im Schweiße deines Angesichts sollst du dein Brot essen. Ich will dich heimsuchen bis ins dritte und vierte Glied. Verdammt in alle Ewigkeit. Vorbei«, sagte der alte Mann, »das ist doch endlich einmal vorbei.«
Er wandte sich um, weil er seine Schaufel in der Garage abstellen wollte.
Da kam ein Mann die Straße entlang.
Es schien ein junger Mann zu sein, ein Italiener anscheinend, groß, mager, schwarzhaarig. Er ging nicht ganz gerade, er taumelte etwas, aber vielleicht war das nur ein Irrtum.

Er ging bis zur Straßenkreuzung und schlug dann den Weg mit dem Schild »Bonn 6 km« ein.
Der alte Mann drehte das Radio ab. Er setzte sich auf die Bank neben der Küchentür, wo seine Frau noch immer am Tisch saß. »Eben kam ein Lastwagenfahrer vorbei«, sagte er.
»So«, sagte die Frau, »ich habe gar nichts gehört.«
»Er bekommt den Lastwagen auch erst später.«
»So«, sagte die Frau, »was fährt er denn?«
»Er fährt Blut«, sagte der Mann.
»Komm doch rein, gleich ist es soweit, der Kanzler spricht, das wollten wir doch hören.«
Der Mann machte die Tür zu und zog die Gardinen vor. Die Frau stand auf, füllte die Rüben in einen Topf, goß Wasser darauf, drehte das Gas an, trocknete die Hände sorgfältig und stellte den Fernseher ein.
Der Mann schloß einen Augenblick die Augen.
Seine Lippen bewegten sich, als ob er noch etwas sagen wollte, und so, immer wieder nur eingefangen und gekettet an seine Küche, mit dem Küchenschrank, dem Küchenherd, dem Küchentisch, dem Küchenstuhl, der Küchenlampe, setzte er sich neben seine Frau vor den Fernsehapparat und legte die Hände ineinander und wartete.

Werke von Peter Bamm als Knaur-Taschenbücher

Welten des Glaubens
Aus den Frühzeiten des Christentums. Mit 350 Abbildungen.
Bd. 1, 380 S.

Die unsichtbare Flagge
Peter Bamms berühmter Bericht über den Rußlandfeldzug; die erschütternden Aufzeichnungen eines Chirurgen.
Bd. 16, 224 S.

Frühe Stätten der Christenheit
Auf den Spuren des Evangelisten Lukas und der Paulinischen Missionsreisen.
Bd. 42, 240 S.

Anarchie mit Liebe
Humorvolle und hintergründige Plaudereien und Geschichten.
Bd. 88, 160 S.

Die kleine Weltlaterne
Nachdenklich-heitere und skurril-denkwürdige Geschichten von einem »Klassiker der kleinen Prosa«.
Bd. 105, 176 S.

Ex ovo
Essays über die Medizin.
Eine Abrechnung mit unserem naturwissenschaftlichen Zeitalter.
Bd. 166, 176 S.

An den Küsten des Lichts
Ein nachdenkliches Reisebuch über eine Fahrt durch das südöstliche Mittelmeer.
Bd. 195, 176 S.

Alexander oder Die Verwandlung der Welt
Ein Bericht über Alexander den Großen, der das Fundament legte, auf dem aus Antike und Christenheit Europa entstand.
Bd. 223, 224 S.

Alexander der Große
Ein königliches Leben – Ein Bildband mit 250 Abbildungen.
Bd. 265, 336 S.

Adam und der Affe
Ein Duell des Geistes mit Themen unserer Zeit.
Bd. 272, 128 S.

Eines Menschen Zeit
Als Schiffsarzt lernte er die Welt, als Chirurg die Menschen kennen – Peter Bamm blickt zurück auf seine Zeit, auf dieses unser Jahrhundert.
Bd. 417, 256 S.

Am Rande der Schöpfung
Heitere Feuilletons voll Witz und Humor.
Bd. 424, 128 S.

Droemersche Verlagsanstalt Th. Knaur Nachf.
München · Zürich